绿荫下

[英] 托马斯·哈代 著
陈珍 译

河北大学出版社·保定

绿荫下
LÜYIN XIA
据 Oxford University Press, 2013 年版翻译

出 版 人：耿金龙
责任编辑：郝 健
装帧设计：杨艳霞
责任校对：刘景坤
责任印制：靳云飞

图书在版编目（CIP）数据

绿荫下 /（英）托马斯·哈代著；陈珍译．-- 保定：河北大学出版社，2019.10
ISBN 978-7-5666-1538-1

Ⅰ．①绿… Ⅱ．①托… ②陈… Ⅲ．①长篇小说－英国－近代 Ⅳ．①I561.44

中国版本图书馆 CIP 数据核字（2019）第 197631 号

出版发行：河北大学出版社
地址：河北省保定市七一东路 2666 号 邮编：071000
电话：0312-5073033 0312-5073029
邮箱：hbdxcbs818@163.com 网址：www.hbdxcbs.com
经 销：全国新华书店
印 刷：保定市北方胶印有限公司
幅面尺寸：140 mm × 200 mm
印 张：8.5
字 数：203 千字
版 次：2019 年 10 月第 1 版
印 次：2019 年 10 月第 1 次印刷
书 号：ISBN 978-7-5666-1538-1
定 价：39.00 元

译　　序

（一）

《绿荫下》是哈代继《非常手段》后的第二部小说，归于“性格与环境小说”，被视为哈代走向职业创作道路的重要作品之一。该小说真实记录了19世纪中叶英国西南地区的乡村社会风貌，风格清新别致，语言幽默风趣，具有轻喜剧的色彩。

哈代在威茅斯开始创作《绿荫下》。从素材的角度看，《绿荫下》采用了哈代未发表之作《穷汉与贵妇》的部分材料。1871年8月，哈代把手稿寄给麦克米伦，对方提出了一些建议，但没有给出明确的答复，希望来年春天重新考虑。收到退稿后，哈代认定已无希望，并产生了放弃写作的念头。但出乎作者的意料，小说最终在1872年6月以两卷本的形式在《丁斯利杂志》发表，评论界给予了较高的评价，肯定了哈代的创作水平。《保茂晚报》大加赞赏作者在《绿荫下》中所表现出来的幽默风格和清新气韵，《周六评论》高度评价了小说中田园牧歌式的呈现方式，并将小说人物与艾略特笔下的人物相提并论。从此，哈代再次鼓起了创作的勇气。《绿荫下》1929年第一次改编为有声电影，2005年再次被拍摄为现代影片。

《绿荫下》不是哈代的成名之作，和《德伯家的苔丝》《还乡》《卡斯特桥市长》等作品相比，在情节设置上有点儿单一，人物塑造上略显粗糙，并存在一定的格式化倾向，在写作功力上还显稚嫩，因此在哈代小说研究中一度备受冷落，但它明确了哈代小说创作的风格和方向。此后，哈代创作出了许多农村题材的优秀现实主义作品，在这方面显示出了极高的天赋和智慧。《绿荫下》开启了哈代乡村小说创作的先河。

（二）

《绿荫下》以19世纪40年代的梅尔斯托克为背景，围绕美丽的乡村女教师与三个追求者之间的情感纠葛，演绎了一段甜美的乡村爱情故事。车户的儿子迪克·杜威、农场主弗雷德·夏纳和牧师亚瑟·梅伯三个男人同时爱上了范茜·戴，经历诸多犹豫、矛盾、痛苦和喜悦后，女主人公最终摒弃了门第观念和拜金思想，放弃了优越的生活和社会地位，克服了重重困难，毅然选择了爱情，嫁给了家境并不富裕但心地善良、热情开朗、勤劳质朴的农村小伙子迪克。迪克和范茜并不门当户对。范茜的父亲守林人吉尔弗雷是威塞克斯爵士的总管，一年有比较可观的收入，算是殷实人家，母亲也曾是大户人家的保育院教师。范茜本人受过良好的教育，毕业于政府资助的师范培训学校。而迪克的父母都是普普通通的农民，父亲鲁本·杜威是村里赶车送货的车户，家里子女又比较多，家境并不富裕，算不上中产阶级家庭。因此，范茜的爱情遭到了父亲的强烈反对，父亲希望她嫁给门当户对的农场主夏纳。面对来自家庭的压力，范茜内心矛盾纠结，也曾一度陷于绝望。但一次偶然的机会，范茜路遇大雨，到当地女巫恩多菲尔德家避雨，并向后者道出了实情并求助于她。女巫巧施魔法骗过了范茜的父亲，吉尔弗雷万般无奈之下同意了女儿和迪克的婚事。有情人终成眷属，小说在二人的婚礼游行中落下了帷幕。

哈代常借助超自然的神力或巫术来推动情节的发展，从而为小说营造神秘氛围，增添乡土地方色彩，也给小说带来强烈的地域感和历史感，这种叙事手法在《绿荫下》《还乡》《卡斯特桥市长》等小说中表现尤为突出。

《绿荫下》故事比较简单，既无曲折离奇、跌宕起伏的情节，也无感天动地的事件。小说以作者家乡的日常生活为蓝本，真实反映了平淡闲适的田园牧歌式的乡间生活。

《绿荫下》长于环境描写，副标题“一幅荷兰画派的乡村画”恰到好处地概括了小说的主要内容和艺术风格。哈代在《绿荫下》中展示了一幅像荷兰画一样美丽的乡村画卷。这幅画涵盖了梅尔斯托克一年四季的绚丽景致，记录了生活在这里的纯朴的乡民们的生产、生活，讲述了他们的酸甜苦辣、喜怒哀乐和悲欢离合。小说主要由冬、春、夏、秋四卷组成，以情节发生的先后为顺序，情节随着四季的更替而变化，按照大自然的律动而发展。哈代利用四季节律来为小说布局，爱情从冬的酝酿到春的萌动，从夏日的开花高潮到秋季的成熟结果，完成了一个自然周期。梅尔斯托克就是人类社会的缩影，梅尔斯托克与自然的和谐关系就是哈代所追求的人与自然的理想关系。这种时间叙事结构透视出哈代顺应自然的生态理念。乡民们日出而作，日落而息，春播夏耘，秋收冬藏，依自然节律、随季节脉动的生活完全融入自然秩序，与自然化为一体。“绿荫下”题目本身也很有寓意，暗含了人们对自然的依赖关系，也只有绿树如茵的自然怀抱才是人类的栖身之所，是人类快乐的福祉。读者可以从《绿荫下》中感受到作者朴素的生命观和自然观以及对人类命运的终极关怀。

哈代善于通过乡村节庆等民间集体活动来塑造人物形象，刻画人物性格，营造乡土氛围，渲染地方色彩。

《绿荫下》通过圣诞节巡演、鲁本家的舞会、会见牧师、婚庆游行等活动，集中刻画了威廉爷爷、詹姆斯姥爷、鲁本夫妇、潘尼夫妇、牧师梅伯、农场主夏纳、傻子里福等一大批人物形象，惟妙惟肖地展示了一幅乡村众生群像，突出了威廉爷爷的持重憨厚、鲁本的耿直幽默、鲁本夫人的泼辣干练、潘尼的机智风趣、斯宾克斯的博学善辩、梅伯的斯文内敛、夏纳的傲慢自大、范茜的矜持恬静、迪克的阳光率真，各色人物形象生动，个性独具，鲜活饱满，呼之欲出。

最精彩、最典型的是圣诞狂舞和会见牧师两个章节。圣诞节鲁本家的舞会一章淋漓尽致地展现了乡村舞会热闹喧腾的狂欢场面，抓住细节不无夸张地描写了乡民们对音乐的狂热和痴迷。无论是舞者还是乐师，他们各个纵情狂欢，尽情释放，几乎到了忘我的境界。他们的灵魂已经幻化在了美妙热烈的音乐中，彼时彼刻，他们把生命的一切都交给了音乐，就连一向矜持的范茜也判若两人，完全忘形于乐舞。另一个精彩章节是第二部的第四章，作者同样浓墨重彩详细描绘了众乐师集体会见牧师的场面，活灵活现地展现了乡民们表面上的鲁莽直率、敢作敢为和实际上的胆小羞怯、畏首畏尾，把他们那种由于地位低下、阅历有限而造成的自卑与好奇的内心世界刻画得淋漓尽致。这两个章节在细致描摹事件的同时又不失幽默风趣，读之轻松愉悦，耐人寻味。

（三）

《绿荫下》从叙事内容上来说包括两个主要部分，前一部分重在讲述唱诗班被取代的故事，后一部分以范茜和迪克的爱情故事为主。因此，小说形成两条主线，一先一后，在中部交织在一起。

前一条主线是梅尔斯托克乡村乐队在受到社会变革的冲击后无奈走向灭亡的悲情故事。19 世纪改革的浪潮也波及了地处英国西南边陲的梅尔斯托克，这里看似平静却不平静，古老的乡村乐队面临着被新乐器风琴所取代的现实，面临着被淘汰的命运。那些热衷传统音乐的老乐手们开始焦虑困惑，他们团结起来集体讨论，准备捍卫传统，决定与新来的教区牧师梅伯先生进行交涉，希望传统音乐能在他们的教区延续下去。虽然他们做出了努力，最后还是在现实面前选择了无奈的妥协，只好请求牧师给他们宽限时日，允许他们再演出一次，然后正式风光隐退。善解人意的牧师答应了唱诗班的请求，双方冰释前嫌，矛盾得到了化解。最终在米迦勒节的演出后，唱诗班体面地退出了历史的舞台，让位于新来的范茜及新式乐器。小说通过唱诗班的圣诞巡演、教堂演出、车户家的圣诞狂欢、会见牧师等重要片段，描绘了唱诗班三代艺人对音乐的挚爱，捕捉了这些乡村“游吟诗人”在新旧社会交替的时代矛盾复杂的心理。从这个角度看，《绿荫下》就是梅尔斯托克唱诗班为代表的乡村音乐的没落史和衰亡史。新旧音乐的较量代表了新旧文化的对决以及新旧社会的博弈，梅尔斯托克唱诗班的衰落其实就是一种传统生活方式的消亡，一种古老文化走向没落的象征。历史的车轮是不可阻挡的，唱诗班被取代的故事表现了时代变化的必然性和历史发展的不可逆性，就连梅尔斯托克这样似乎被人遗忘的偏僻乡村，也难逃被工业化和城市化冲击涤荡的命运。在哈代小说主题的时间脉络上，《绿荫下》正式拉开了乡村社会变革的序幕，吹响了轰轰烈烈的社会变革的号角。

这个含有大量音元素的故事素材跟作者本人的出身背景不无关系，从某种意义上讲，故事本身就带有一些自传成分。哈代的祖父、父亲和叔叔都是优秀的乡村乐师，哈代本人也深谙乐理，熟悉乐器，小时候常常跟父亲参加村里的民间庆祝活动，从而接触到了许多流传于多塞特的乡村音乐舞蹈、民谣小曲等民间艺术。哈代祖父从1801年开始就在斯丁福德教堂演奏低音琴近四十年，后来哈代的父亲和叔叔也加入了这个乐队，在很多时候父子三人同在一个乐队进行演奏。虽然哈代本人没有见过其祖父，但对祖父的音乐才能和慷慨善施的人品却有所耳闻。哈代的第二任妻子弗洛伦斯在《哈代生平》中说，《还乡》中费韦关于朵苏父亲带着乐队到金斯比尔演奏的描述就是哈代的祖父、老托马斯·哈代德艺双馨的写照。哈代父亲是地方上有名的小提琴手，是个善良热情、宽厚乐观的人，他的人格魅力及音乐造诣影响了哈代一生，从哈代的《致父亲的小提琴》这首诗中，人们就可以略知一二。《哈代生平》记载了哈代自小对舞曲的痴迷，流行于家乡的快步舞曲、角笛舞曲、苏格兰双人舞曲、华尔兹舞曲和乡村舞曲等乡村音乐那优美动人的旋律曾无数次打动少年哈代的心扉①。年迈的哈代对音乐的热忱不减，唱歌跳舞的劲头让人惊叹。②《绿荫下》中钟情于乡土音乐的杜威祖孙三人其实就是哈代家人的文学写照，他们对本土音乐的那份挚爱，说明了在哈代那个时代，音

① F. E. Hardy, *Life of Thomas Hardy*, Hertfordshire: Wordsworth Editions Limited, 2007, p.15.

② Claire Tomalin, *Thomas Hardy: the Time-Torn Man*, London: Penguin Books, 2007, p.365.

乐是乡村老百姓重要的娱乐形式，渗透在他们的生活中，融入了他们的生命中。哈代一生都与音乐有着不解之缘，乡村音乐给他的文学创作提供了丰富的素材，这也是哈代作品为什么含有那么多音乐元素的重要原因。

（四）

众所周知，哈代是个典型的悲剧作家，收于“性格与环境小说”的主要作品都弥漫着浓厚的悲剧气氛。无论是《德伯家的苔丝》《无名的裘德》《远离尘嚣》《还乡》，还是《卡斯特桥市长》，都以悲剧告终，唯有《绿荫下》的结局皆大欢喜，给人轻松、闲适、喜庆的感觉，正如小说名字的出处——莎士比亚的《皆大欢喜》。小说最后一章与书名一致，以雅尔伯里林吉尔弗雷家附近的一棵参天大树下的舞会而告终。书名与末章形成呼应，象征梅尔斯托克人对美好生活的向往和憧憬，预示了他们幸福日子的光明前景。

虽然小说以 19 世纪英国小说惯用的结尾方式收场，但在看似一片繁华的乐观表象下，其实暗含了不确定的危机。因为在开启他们婚姻的旅途时，范茜并没有敞开心扉，把心中的秘密告诉迪克。这个秘密随时可能会导致情感上的裂痕，甚至演绎成婚姻悲剧。这既是女主人公的秘密，也是作者留给小说的秘密，为可能出现的婚姻矛盾留下了伏笔。

相对于迪克的耿直，范茜并没有表现出足够的坦诚，在性格上，有些轻佻、爱慕虚荣，对爱情的态度不够明朗坚定。就在和迪克谈婚论嫁之际，还答应了梅伯的求婚，也许她内心还留恋文雅体面的梅伯先生，期盼进入富贵悠闲的上流阶层。正如迪克所判断的那样，“（她是）一个过于注重穿着的姑娘；一个虽然热情但感情并不深沉的姑娘；一位过于在乎自己在别的男人眼里的形象的姑娘”，“在这世界上她最爱的”“是她的头发和容貌，接下来是她的衣服和帽子；其次可能才轮到我本人（迪克）”①。此外，她和迪克在社会地位和教育背景上的差异，也许会为他们的婚姻带来障碍，妨碍他们在心灵世界的交流与融合。哈代在故事的第五章大结局中做了这样的结论，作为车夫，迪克着实配不上范茜，尤其是范茜那双异常美丽精致的眼睛。这些表述暗示了作者并不看好男女主人公的婚姻。

《绿荫下》中男女主人公的阶级差异和社会地位的不同，从某种意义上折射出哈代本人的婚姻状况。1870 年，哈代在北康沃尔的圣朱利奥特与埃玛·吉福德相遇，1872 年正式向埃玛求婚，后来两人克服了重重困难，于 1874 年走进了婚姻的殿堂。他们的爱情和婚姻并非一帆风顺。埃玛是圣朱利奥特教长的妻妹，出身于比较体面的上流社会阶层，其父曾经是律师，社会地位和经济条件各方面都优于哈代的家庭。这种身份和家庭背景上的悬殊，给双方都带来了极大的挑战，也使哈代对阶级差异非常敏感，他的多部作品中都涉及男女婚恋现实中

---

① Thomas Hardy. *Under the Greenwood Tree*. Oxford：Oxford University，2013，p.127.

的阶级壁垒和内心矛盾，比如范茜和迪克、《远离尘嚣》中的芭丝谢芭和奥克、《一双蓝蓝的眼睛》中的埃尔弗雷德和史密斯。婚姻中的阶级问题成为哈代小说中一个值得深思的重要方面。而且在哈代小说中的恋爱男女，女方的身份常常高于男方，这种女尊男卑式的婚恋模式无不透视出作者婚姻的影子。

范茜和迪克的婚恋过程中所遇到的困难和矛盾，深刻反映了维多利亚时代的婚姻观和阶级意识。在工业革命的冲击下，维多利亚社会经历着激烈的社会变革，传统价值观受到挑战，拜金主义开始大行其道。不同阶级的青年男女的结合必须冲破阶级壁垒，需要敢于挑战世俗偏见的勇气。从这个角度分析，范茜这个人物身上展现出了崇尚自由、追求真爱的新女性形象特征，同时又表现出社会转型期时青年女性辗转于新旧世界、纠结于新旧观念之间的徘徊犹豫、矛盾复杂的心理特征。这种精神和心理品质成为哈代后期小说女性主人公的一个共性，苔丝、格蕾丝、游苔莎、淑等人物身上都能发现范茜的精神特质。

（五）

惠布莱称哈代为真正的土著，“像所有方言大师一样，他对方言的掌握是无懈可击的，他写普通人的言谈比处理有教养的人的语言更得心应手”①。语言是人物的身份证，地方的代言物。哈代为了生动形象地塑造人物，真实再现多塞特的乡村风

---

① ［英］C.惠布莱：《托马斯·哈代》，陈焘宇编选：《哈代创作论集》，北京：中国社会出版社，1992年，第37页。

貌，营造乡土氛围，增添地方审美，在《绿荫下》中保留了许多方言。

《绿荫下》是哈代作品中方言出现频率最高的一部，当然，这也给本小说的翻译带来了许多困难，方言俗语的翻译确实成为一大挑战。另外，小说中大量关于音乐的描写涉及音乐专业知识，翻译起来也十分困难。总之，译者在翻译过程中的确遇到了许多比较棘手的问题，许多次几近放弃，最后还是下决心完成了这项工作。希望本译著能为阅读哈代和研究哈代尽绵薄之力，为喜欢哈代、热爱文学的人们提供一个认识哈代、了解英国乡土文化的新途径。译前译者对哈代及其作品已做过深入研究，翻译过程中译者参阅了大量与哈代有关的文献。为了获取更多有用信息，还参用了该小说的两种英文版本，即华兹华斯经典系列版和牛津经典系列版。另外，还咨询了英国哈代学会副会长、哈代研究专家、《托马斯·哈代期刊》编辑、圣安德鲁大学菲利普·麦利特（Phillip Mallet）先生和哈代协会理事特蕾西·海耶斯（Tracy Hayes）女士，在此对二位所提供的宝贵建议以及热情的帮助表示由衷的感谢。由于时间仓促、译者能力有限，本译著难免会有一些不妥之处，还望大家批评指正。

陈珍

2017 年 9 月 1 日于西宁

目　　录

作者前言

本书所写梅尔斯托克唱诗班及其昔日教堂西面廊台上受人尊敬的乐师的故事，旨在以第一手材料，直接展示一幅在五六十年前乡村乐队中很普遍的人物以及他们的生活方式和习俗的真实画面，《塔上二人》《几个顽固守旧的人》以及其他作品对类似的乡村公务人员做了些补充描写。

以单人的风琴手（最初常常是手摇风琴手）或簧风琴手来取代这些教会乐队成员，人们很可能对此深感遗憾。设置单人演奏者无疑便于控制和管理，但这往往使牧师的职业目的显得很荒唐，直接导致了教民对教会活动的热情降低甚至完全丧失兴趣。按旧理，除了为数众多的差不多成年的歌手外，还有六到十名成年演奏者承担礼拜日的教堂常规演出。为了给教堂聚会增添艺术品味，他们都尽心竭力。由于负责音乐的仅限于牧师的妻子或女儿加上学生，或者是教师和学生，目前大都如此，这样一来，就失去了很重要的众人参与的乐趣。

过去的那些乐师热情很高。经过一周的劳作后，不管刮风下雨，每礼拜日他们都要步行到教堂，而教堂一般都离家相当远。他们演出的收入很微薄，实际上等于义务劳动。在写本故事的时候，我记得在我那个教区，那些乐师每年圣诞节收取的服务费大致如下：大宅邸十先令外加一顿晚餐，牧师十先令，农场主五先令，一般农户每户一先令，实际合计也超不过每人十先令。正如一位年长的演奏者告诉我的，服务费刚够付乐器修理费和买琴弦、松香和乐谱纸的钱（这些大部分情况需要自理）。当时他们的乐谱都是自己晚上下了工抄写，乐谱书是自制的。

乐师们自制乐谱书有个习惯，即在同一本书中从前至后穿插几曲吉格舞、里尔舞、角笛舞和几首民谣。这样就会出现一个奇怪的现象：所写的乐曲从前后两头向中间延续，直到神圣和世俗在书的中间相遇。有些歌词表明我们的祖父——很可能还包括祖母——喜好的古老粗鄙的幽默如今已失去了引用价值。

先前提到的琴弦、松香和乐谱纸专门由一个小商贩提供，这个小商贩每半年穿梭于各个教区专卖此类物品。有个故事讲了提琴手们在演奏圣诞圣歌时候的一次惊慌的经历：当时因为下游大雪封路，小商贩没能赶到，他们所在的水峡地区都只好改用鞭绳和细线作弦。一般来说，这个小贩本身就懂音乐，有时还自己简单谱曲，带着自己的曲子让每个唱诗班采纳。我面前的几首曲子有几行重复的、半行的、半个歌词的，有遁走曲，还有快速交响曲，虽然无法跻身于目前时髦教区流行的赞美诗歌本，但现在还在广泛地唱着。

1896 年 8 月

《绿荫下》第一版分两卷于 1872 年夏发表。小说的名字起初打算用更为合适的《梅尔斯托克唱诗班》，后来这个名字从早期版本一直被用作副标题，因为用它来替换人们已经渐渐熟悉了的小说原标题是很不明智的做法。

时隔很久再读小说，未免有些反思，构成故事的那些事实可以成为对这个教堂小乐队进行其他研究的材料，而不仅仅停留在本小说各章节中所做的那种清淡的，甚至随便的、滑稽的描写。可是，某天要真动笔的时候才发现，从各种情况来看，更深刻、细致、超越性的处理很不合适。除了在诗歌中少许涉及此消亡的乐队外，以下小说中对梅尔斯托克唱诗班的展现就到此程度。

1912 年 4 月

第一部　冬

第一章　梅尔斯托克小径

对于林地居民来说，几乎每一种树都有自己的声音和特征。微风吹过的时候，冷杉摇晃着，呜咽呻吟；冬青树在跟自身斗争着，发出尖锐的像哨子般的呼啸声；白蜡树颤抖着，发出嘶嘶的声音；山毛榉平展的树枝上下晃动着，发出沙沙声。冬天使这些落了树叶的秃树奏出的音乐更加和缓，却不失它应有的个性。

记得在一个寒冷的、星光闪烁的圣诞前夕，有个男子正走在通往梅尔斯托克十字的小径上，十字所在的庄园在黑暗中轻声提醒他头脑要清醒。所有能证明他本性的，是他快捷轻盈、连续不断的脚步声和他以乡间韵味唱歌时发出的那种激情活力的声音：

“玫瑰、百合
还有水仙花，
姑娘小伙去剪羊毛。”①

---

① 摘自《剪羊毛之歌》，收编在19世纪民歌搜集专家哈门德（H. E. D. Hammond）名为《H. E. D. 哈门德主要来自多塞特的英国民歌集：含800多首》的手抄本中。该歌本现存于多塞特郡博物馆，其中大部分歌曲在19世纪比较流行，哈代在其小说中引用的许多歌曲都见于此歌集。

他行走的这条偏僻的小径连接了梅尔斯托克教区的一个村子以及上梅尔斯托克和柳盖特村，随意仰望，出现在眼前的，是长着黑茎树冠的富有特色的银色桦树，淡灰色的山毛榉树枝，有深黑色裂缝的榆树，所有这一切在天空的映衬下显示出黝黑平坦的轮廓。此时，皎洁的星辰热情地闪烁着，好像鸟儿扇动着翅膀。在林中小径的一处，那里任何东西都低于地平线，一切都像坟墓一样黑乎乎的。形成树荫的矮树林的树枝紧密地相互交错，即便是这样的寒冬季节，从东北面沿海峡吹过来的大风也很少能阻断来自两边的微风。

走过庄园到达梅尔斯托克十字后，小径在黑黑的树篱间呈现出一道白色，像一条边缘不整齐的丝带，临时不规则地堆积起来的树叶从沟渠的两岸伸展开去。

从唱歌人右侧横穿过来的通往下梅尔斯托克的小路上飘来“嗥——咿——咿——咿——咿！”的歌声，唱歌人唱的歌（好多次被跳动的思绪打断，几个小节就被跳过去了，倘若连续性不被打断的话，在某一点上又会恢复起来）此时受到了那歌声更明显的干扰。唱歌人这时刚钻出了树林。

“嗥——咿——咿——咿——咿！”他一边回应，一边停下脚步，向四周看了看，却没感觉看见什么东西，只是想象而已。

“你是小迪克·杜威吗？”黑暗中有人问道。

“唉，是我，迈克·麦尔。”

“干吗不停下等等同伴们呢？和我们一样，他们也要去你父亲家。他们跟我们很熟的。”

迪克·杜威四下里看了看，接着用低低的口哨声继续唱歌。言外之意，他嘴上的活儿不能因平淡的友谊而随便中断。

渐渐走到开阔处时，在天空的衬托下，他的轮廓显现出来了。在身后光线的映照下，他的样貌看起来像一个身穿黑色硬纸板做的衣服的绅士。他头戴低冠圆帽，长着一个平庸的鼻子，普通的下巴，一般的脖子，大众化的肩膀。因为低处缺乏光线，无法看清下身的样子。

爬山时拖着脚步走走停停，可听见各种各样乱七八糟的脚步声，不一会儿从阴影处分别冒出来五个年龄不同、走姿各异的男子，他们都是在梅尔斯托克教区干活的村民。由于日光的缘故，他们都失去了圆润的身姿，在天空的映衬下朝前走着，并呈现出扁平的轮廓，让人想起希腊人或伊特鲁里亚人①陶器的队列形状。他们是梅尔斯托克教区唱诗班的主要成员。

第一个人弓身驼背，腋下夹着把小提琴，走起路来好像在忙着研究某个与路面有关的主题。他是迈克·麦尔，就是早先给迪克打招呼的那个人。

接下来是罗伯特·潘尼先生，他是个靴匠和鞋匠。他个子很矮，尽管肩膀浑圆结实，走路时好像心不在焉，背显得空洞洞的，脸朝着前面东北方的天空，因此，人们首先看见的是他下面背心的纽扣，其次才是他身形的其余部分。他的相貌看不

① 伊特鲁里亚（Etruscan）亦译伊特剌斯坎人，是古代意大利西北部伊特鲁里亚地区古老的民族，其居住地处于台伯河和阿尔诺河之间。

清楚，然而，当他回头看的时候，两团微弱的光晕瞬间从眼睛周围闪现，说明他带着圆形眼镜。

第三个叫伊连斯·斯宾克斯，走路挺着腰板，样子很戏剧化。第四个从身形判断是约瑟夫·鲍曼，他此刻除了身形外，没有显露出独特的模样。最后来的是一位身体虚弱、身形细长的人，一路快步疾行，跌跌撞撞，一个肩膀前倾，头老向左偏斜，两只胳膊在风中毫无知觉似的垂着，衣袖好像很空荡，此人名叫托马斯·里福。

“男孩子们在哪儿呀?”迪克冲着这群似乎互不相干的人问道。

其中最年长的迈克·麦尔深深地清了清嗓子后说：“想着一时也用不着他们，就叫他们在家待上一会儿，我们可以调调音什么的。”

“父亲和威廉爷爷希望你们早点儿到。我这刚从尤丽斯台阶和豪洛山跑了一圈，想暖暖脚。”

“老爷子确实如此！他希望我们大伙品尝他亲自开坛倒出的无与伦比的美酒。”

“真他妈的！压根就没听说过这类的话！”潘尼先生说道，镜片上闪过愉快的表情，迪克这时又插进来唱了一句——

“姑娘小伙去剪羊毛哎。”

“乡亲们，今天有工夫在睡觉前喝个痛快吧?”麦尔问。

“没错，没错——有足够的时间可以喝个酩酊大醉！”鲍曼高兴地回答。

大家认为这个说法比较可信。他们继续在不断变化的树篱和稀稀落落点缀其中的大树之间前行，偶尔脚尖会踢到皱皱巴巴的树叶。不久，眼前出现了几户农舍的标志，这几户农舍构成了他们要一心前往的上梅尔斯托克的一个小村子，这会儿隐约可以听到从小山另一侧的朗普多和韦特伯里教区方向随风飘来的教堂的圣诞钟声。他们从一个小门进入了花园，然后继续沿着小路朝迪克家走去。

第二章　车户家

车户家是一座狭长低矮的房子，屋顶铺着茅草，前后左右四面都形成了斜坡，斜坡上建有垂直的直通到椽子的天窗，屋脊中央有一个大烟囱，两端还各有一个。窗扇还没关上，屋内火和蜡烛的光漫射出来，照到外面长得十分茂密的四季长青的黄杨和月桂树丛上，也照到了周围乱长出来的几棵歪七八扭的尖头苹果树光秃秃的树枝上，看得出是主人为了让树沿墙生长而在早期进行的刻意修剪和后期树随心所欲的自由生长共同作用的结果。房屋的大部分墙面上爬满了藤蔓植物，门口处留了个洞，使它看起来好像被经常进进出出的人给磨破撕烂了一样，白天看着像个破旧的钥匙孔。光线透过离大房子不远处的外屋①的缝隙和房与房相接处的地方照进来，这种光景让人产生一种想法——建造这些房子的目的与其说是为了遮挡光的诱惑，还不如说是为了遮盖那些看着不雅观的东西。隔了一会儿，从这个方向传来木槌、楔子以及木头被劈碎的声音。再远一点儿，是稳定而有规律的嚼草声和绳子的磨擦声，证明那是一个马厩，马在里面吃东西。

唱诗班的人各自在门口的石头上跺了跺脚，除去粘在鞋子上的泥土和树叶，之后进屋扫视，想观察一下情况。右手的一

① 欧式建筑中独立于主房或主楼外的房屋。

间看样子要么是餐具室，要么是地窖，这间小内屋的门开着，门口站着迪克·杜威的父亲鲁本。此人干着赶大车的营生，或者说是个不太有规律的运货人，也就是车户。他体格健壮，面色红润，年纪约莫四十，首次与人相遇的时候总喜欢上下打量对方，跟朋友说话的时候一般朝着地平线或其他远处的东西微笑。他迈着四平八稳的步子晃悠，每一步都要斟酌思量。餐具室内放着一个大酒桶，酒桶已抬到支架上准备钻孔取酒。鲁本躬身在酒桶上方忙活，无暇顾及客人的来访，但他从脚步声中就可清楚地判断，来者是他所期盼的老伙计。

左侧的主屋点缀着一束束冬青树枝和其他常青植物。大梁把天花板齐齐分成两半，大梁的中央悬挂着槲寄生，它太大了，跟屋子极不相称，且垂得很低，成年人经过的时候得绕着走，否则就会被挂到头发。屋里有车户的妻子杜威夫人，还有其余的四个孩子，苏珊、吉姆、贝茜和查理，他们年龄相差很大，从最大的十六岁到最小的四岁，年龄间隔依次大概为四岁——其中最大的一个跟家中老大杜威之间的年龄间隔与此几乎一样。

显然就在唱诗班到来之前发生了什么事情使查理很悲伤，他茫然地拿下一面小镜子，举到脸前想搞清楚哭泣时人的面部表情，这种调查使他在每一次哭得比较起劲的时刻都要停下来，好彻底了解总体效果。贝茜倚着一把椅子，瞅着她穿着的格子呢上衣的腰部，大约辫子下面，注意到那个部位因被遮盖保存得好，面料尚未褪色，依然保持了当初的图案，可是在看得见的外露的地方，那份原有的鲜亮色泽已荡然无存，脸上便流露出遗憾的表情。杜威夫人坐在一堆木头燃起的火堆旁的一把棕色长椅上。那火很旺，火光闪烁。她双唇紧闭，不敢怠慢，时而起身用手摸摸顺烟囱挂着的火腿和熏肉的一侧，提醒自己千万不能让这些东西没有熏好反而被烤坏了——人们早就清楚这种糟事儿在圣诞节期间时不时就会发生。

“你们好，伙计们，大家都在啊，好！”鲁本·杜威站起身，使劲儿长长地吹了一口气，最终说话了。“每个人都会觉得血直往头里涌，肯定的，像这样弯着身子！我本来要到大门口迎接你们的。”说完他又开始认真地往手里捏着的黄铜水龙头上缠一种褐色纸条，“这桶里装的可是上等佳酿，”（轻轻敲着酒桶）“是选上等苹果做的纯酿——萨瑟、斯达伯、五角等类似的苹果——喝起来很过瘾的，迈克？”（迈克点了点头）“这些苹果的少部分长在果园的围栏上——有斑纹的那些——因为它们长在围栏旁，我们管这种苹果叫围栏苹果，也不知道该叫什么名字。用这种苹果酿的掺水的酒抵得上大多数人的最好的苹果酒。”

“是，赶得上牌子酒，”鲍曼说，“乡亲们会说，‘拧的时候会滴水，里面进水了’。可这只是个托词。掺水的苹果酒在我们这儿太普遍了。”

“是的，是的，太普遍了！”斯宾克斯闷声叹了口气说道，双眼好像出神地望着某个抽象的东西而不是眼前的实景，“喝那样的烂酒嗓子着实难受——有损烈酒的名声。”

“进来，进来，到火跟前来，别在意鞋子，”杜威夫人说，她发现除了迪克外大家都停下来在门前席子上拍打身上的尘土，“真高兴大伙儿最终都进来了。苏珊你跑到凯特奶奶家去借些大蜡烛来，不要这种一磅十四根①的。汤米②·里福，别怕！来坐到长椅上。”

这话是给前面提到的那个年轻人说的。他骨瘦如柴，齐膝的长罩衫像是穿在骷髅上，行动十分别扭，显然长得过快，年龄还没到，身高却已经窜上去了。

“嘿——嘿——唉！”里福回答，他的嘴还在笑着，但心里早就没这个意思了，因此，牙齿成了身体最显眼的部分。

“潘尼先生，到这儿，”杜威夫人接着说，“坐这椅子上。你闺女布朗约翰夫人还好吧？”

“嗯，我得说还不错，”他说着把眼镜往右挪了四分之一英寸③，“可是我想她会糟糕一阵子才会好的。”

“的确这样——可怜的人儿！一共快有几个孩子了，四个还是五个？”

“五个了，已经埋了三个了。是的，就快五个了，她不过

---

① 一种很细且非常便宜的蜡烛，按十四根为单位出售，总重量为一磅。磅，质量单位，1 磅＝16 盎司＝0.4536 千克。

② 托马斯的昵称。

③ 长度单位，1 英寸＝2.54 厘米。

是个姑娘罢了。乘法口诀①掌握得很好，不会出错的。话又说回来，本该如此，谁也不能抗拒。”

杜威夫人不再和潘尼先生说话了。“想想詹姆斯姥爷这会儿在哪儿？”她问其中一个孩子，“他说过今晚要来。”

“在外面柴火房，和威廉爷爷在一起。”吉米说。

“眼下看看能做什么。”这时只听到车户对着酒桶自个儿嘟囔，同时在旁边忙活起来，弯腰去砍桶上的塞子。

“鲁本，别像在家里老做的那样乱糟糟地捣鼓水龙头了，”杜威夫人在壁炉附近喊道，“我做一百个也没你做一个浪费得多。你做事就喜欢磨叽！真是的，家里干点儿活你总是这样笨手笨脚。”

“唉，唉，我知道你能漂亮地做一百个，安——我知道你能，也许能做二百个。但是我不敢打保票。这是个旧桶，水龙头洞的那块木头都腐烂了。赛姆·劳森那个狗杂种——我原先那样叫他，这会儿人已经死了，不在了，可怜的人儿——忽悠我买了这个桶。‘鲁布②’，他说——他老叫我没出息的鲁布，可怜的老家伙！——‘鲁布，’他说，他是这样说的，‘那只桶，鲁布，跟新的一样，对，就跟新的一样。是葡萄酒桶，里面装过英联邦最上好的波特酒。鲁布，花十个先令你就可以买

① 这里利用“乘法与繁育（multiplication）”的双关，暗指《圣经·创世记》中上帝第六日造人后对人所说的“要生养众多，遍满地面”。意为梅尔斯托克妇女遵循上帝的旨意多产多子的状况，也指因夏娃的堕落，女人要经受生儿育女的苦难。

② 鲁本的昵称。

走它，’——他说，没错，他就这样说的——‘它能值二十，唉，二十五，没准能值一镑呢；在木头箍之间打几个铁箍随便能值三十先令，如果——’”

“我想我为这么一个使用骗术兜售的破桶掏十个先令前，应该用上帝给我的眼睛亲眼看看才是。圣人罪过太大才不至于受骗。你家人全都一个样，太容易上当受骗了。”

“这事儿跟这类信条上说的一样真实。”鲁本说。

杜威夫人听着这样的回答准备微笑一下，紧接着又改变了嘴形，重新收起双唇，看起来又不像微笑，开始动手抚摸小贝茜的头发。与此同时，车户突然忘了谈话，专心裁剪和摆弄更多取酒用的褐色纸。

“啊，谁敢相信买卖人啊！”老迈克·麦尔非常谨慎地说。他的话给鲁本的故事做了个总结。

“谁也不敢。”约瑟夫·鲍曼用一个完全同意大家意见的人的口吻说。

“唉，”麦尔说，口气听起来像一个常常持相反意见的人，可事实上这回他同意大家的看法，“从前我认识一个拍卖行的人——也是个相当友好的人。有一个大热天，当我沿着卡斯特桥前街走的时候，就在国王手臂旅店的下面，经过一扇敞开着的窗户，看见他在里面高高地坐着卖东西。路过时我只是友好地点了点头，继续走我的路，没多想。好家伙，第二天我在柴火房门口擦靴子的时候，来了一封信，内有一个账单，要我交在泰勒店订的羽绒床、枕垫和枕头的钱。就因为我友好地冲他一笑，那个瘦干巴脸的家伙逼我买这些东西，没辙，我还得付钱。现在我认为这事跟你说的差不多吧，鲁本？”

“差不多，没什么可否认的。”大家异口同声地说。

“简直太相似了，”鲁本在大伙说完之后说，“就说那个赛姆·劳森吧——可怜的人儿！如今已经死了，不在了！我敢保证，如果当初花一个小时给那酒桶箍上箍的话，我肯定已花了五十了，绝对花了，毫无疑问。那一个是我的箍子，”——说着用胳膊肘碰了一下——“那是我的，那个，还有那个，这些全是我的。”

“啊，赛姆是个爷儿们。”潘尼先生沉思着说。

“赛姆是爷儿们！”鲍曼说。

“尤其是为了一滴酒。”车户说。

“很好，不过不是宗教方面的。”潘尼先生说。

车户点了点头。他终于做好了水龙头，挖好了洞。“苏珊，拿个茶缸来，”他说，“伙计们，这下我们的好机会来了！”

水龙头放了进去，苹果酒立刻横着喷到了鲁本的手上、膝盖上、护腿上，还喷到了查理的眼睛和脖子。此刻，查理因为有更有趣的事暂时放下了他的悲伤，蹲在他父亲的身旁眨着眼睛。

“你看看，又漏了！”杜威夫人叫道。

“魔鬼在捣鬼，这洞，还有桶，赛姆也在捣乱，这么好的酒就这样洒了！”车户惊叫了一声，“迈克，大拇指，借一下你的大拇指！把这堵住，迈克！得准备个大水龙头，真是的。”

“指头伸进去很冷吧？”查理打探迈克的意思。迈克继续弯着腰用大拇指堵着装塞子的洞。

“这孩子满脑子想的什么乱七八糟的小主意！”杜威夫人从远处不无赏识地喊着，“我敢打赌他想桶里面的事儿胜过想世界上所有其他地方的事儿。”

所有在场的人对刚才说到的聪明才智都流露出欣赏的表情，鲁本就在这时回来了。水龙头安装妥当了。迈克站起身，尽自己的身量使劲伸了伸头，重新伸直了背和肩膀，伸开双臂把脸扭曲成一团褶皱来强调由此感到的极大的舒服。这时四分之一或四分之二的酒水已经端到了桌上，所有新来的人也在桌旁敞开双腿重新落座了。他们的眼睛立马盯着桌面木板，开始寻找板子上的瑕疵或木节子。

“父亲在柴火房这么长时间究竟干吗呢？”车户说，“没有人能像我父亲那样喜欢做两件事：清理老死的苹果树林，还有拉低音小提琴。一辈子都要搭在这两样事上了，肯定会的。”他跨步走到门口，开了门。

“爹！”

“唉！”从拐角处轻轻地传来一个声音。

“酒桶龙头安好了，大伙儿等着呢！”

响了一阵子的一连串乏味的重击声这会儿停了。灯笼散发出的光闪过窗户，光线在屋内天花板上旋转晃动之后，杜威家最年长的人出现了。

第三章　唱诗班齐聚

威廉·杜威——或者说威廉爷爷——年纪大约七十；健康硬朗，精神矍铄，面色红润，让园丁想起熟苹果向阳的一面；额头有些窄，但在礼帽外檐的保护下，没有遭受风吹日晒，绅士样地光洁白净，似乎是城里人才有的。他幽默和蔼的气质中时常带着几分忧郁，对宗教很虔诚。可是对邻居们来说，他并没有什么特别的性格特征。当他们刚多喝了陈年蜂蜜酒的时候，或有人刚夸赞他们很聪明有头脑，说假如他们愿意的话，在这个世界上他们极有可能成就一番事业的时候，见他从窗边经过，他们对他会产生这样的想法："啊，这个好心人，真像孩子一样开朗！"倘若他们刚刚丢了一先令或半克朗①，或者不小心摔碎了盘子的时候见到他，他们会想："怎么又是那个可怜的没有主见的杜威呢！啊，他在这世上也没做什么大事！"当他们的运气既说不上好也说不上坏的时候，他们仅仅觉得他是老杜威。

"啊，大家都在！——啊，迈克，约瑟夫，约翰——里福也在呢！祝大家圣诞快乐！我们马上会有一堆少见的粗木棒燃起的大火，鲁布，从我刚才劈柴的那个费力劲儿你就可以猜到。"说着他把一抱木棒咣啷啷扔进了烟囱角落，然后带着些

① 克朗（crown）是英国旧时货币，面值五先令，半克朗（half-a-crown）在哈代那个时代相当于两先令六便士。

许令人羡慕的敌意看着它们，本来对那些刚愎自用且固执己见的人才会有这种敌意，“进来，詹姆斯姥爷。”

老詹姆斯（姥爷）仅仅是来做客的。他独自一人住在一个农舍。许多人都觉得他很吝啬，有些人觉得他很邋遢。他从威廉爷爷的身后走上前来，朝壁炉走过去的时候，弯腰的样子形成了一幅被炉火照得通明的画面。他是个石匠，常系一条齐脚长的亚麻布围裙，灯芯绒裤子和绑腿连同靴子一起由于长期跟石灰和石头摩擦逐渐变成了白褐色。他穿一件非常僵硬的有突起条纹的黑色厚棉布上衣，衣服的胳膊肘和肩膀处形成的褶皱就像一对风箱上的褶皱一样排列有序：褶皱突起的部分和起保护作用的部分展示出不同于凹进去的地方的痕迹，凹槽处砂石灰泥粉堆积而形成了沟渠一样的白线。侧面两个特大的口袋在宽大的盖子下不管装没装东西都鼓着；又因为他经常在离家很远的建筑工地干活——早饭和午饭都在一个奇怪的烟囱角落，在花园墙边，在一堆石头上，或者沿路走着的时候吃——口袋里老装一小罐黄油、一小罐糖、一小罐茶叶、一纸包盐和一纸包辣椒；作为主食的面包、奶酪和肉同锤子、凿子一起，统统放在吊在身后的一个篮子里。当他从中取出哪样东西的时候，如果路过的人正好盯着看的话，他就会笑容可掬地说：“我的黄油。”

“在出发之前我们最好练习一下第七十八首曲子，怎么样？”威廉指着桌上一堆旧圣诞赞美诗书提议到。

“完全同意。”唱诗班一起说。

“第七十八首老是个难题——一直是。自我长成小伙子起就对它一直有些担心。”

“可这是首好曲子，值得下功夫练。”迈克说。

“是啊，我有时对那支曲子迷狂到了只想一把抓住他①，把他整个撕碎喂给金翅雀的地步。唉，确实是一首绝妙的赞美诗——谁也不可否认。”

“第一行还好，”斯宾克斯说，“可是到‘哦，你们人类’的时候就乱了。”

“我们再来一遍，看效果怎么样。认真练习半个小时，再难也能拿下，我敢保证。”

“真他妈的！”潘尼先生说，眼镜一闪打断了说话，同时从侧面一个大口袋的深处抓取东西，“如果我不像小孩那样丢三落四、固执任性的话，来的路上我本该带着靴子去趟学校了。不管怎样，我就是想不到。”

“大脑也有糊涂的时候。”斯宾克斯小声嘟囔，摇了摇头，似乎有种不祥的预示。斯宾克斯曾经办了个夜校，在大家伙眼里，他是个博学的人，讲话的水平总那么高。

“得，明早第一件事就是要去学校。杜威夫人，如果您不介意的话，我还要取出这只鞋楦，把口袋掏空。”他取出一只鞋楦，放在桌上他胳膊肘旁的地方。这时三四双眼睛顺着看了过去。

---

① 把音乐人格化的表现。

“得，”鞋匠说，他似乎觉得那东西激起的兴趣比他之前期望的还要浓，然后再次举起鞋楦展示了一番，觉得这很有必要，“嘿，你们猜猜这鞋楦是按谁的脚做的？是为吉尔弗雷·戴的父亲做的，在雅尔伯里林那边。啊，用这鞋楦做的鞋他不知穿了多少双了！嗯，他死以后，我就用这鞋楦为吉尔弗雷做鞋，一直到现在，不过需要稍微修改一下才可以。是啊，我想现在它可是有着非常奇怪的品质的鞋楦了，”他继续说，一边满心喜爱地用手翻转它，“现在注意看这儿（指着钉到脚趾处的一块皮子），那是他从小时候起就一直有的很严重的脚上肿块。瞧，这一大片（指着钉到侧面的一片），说明在一次事故中，他的脚差点儿被马踩成了苹果酱。马蹄正好踩到了这点上，你们瞧瞧。因此，我刚去了吉尔弗雷家，想弄明白我正做的这双新鞋，他是想修一下肿块呢，还是要把鞋放大。”

话说到后面的时候，潘尼先生的左手开始颤颤巍巍地摸取酒杯，好像这只手跟说话人丝毫没有关系似的。说话突然停了，鞋匠的脸除了最边缘部分外，其余都被杯子的圆边遮住了。

“好了，我刚才是说，”潘尼放下酒杯继续说，“我本该去趟学校”——说着又把手伸到口袋深处摸了摸——“确保把这个放在那儿，看来只好明天当头等大事做了。”

他取出了一只靴子置于桌上——那靴子小巧轻便，样子很好看——鞋跟处做过修理。

“新来的小学女老师的！”

“唉，没错，是范茜·戴小姐。一个我曾见过的干净利索、很有意思的小人儿，正当婚配的年龄。”

“不是吉尔弗雷的闺女范茜吧？”鲍曼说，这时在场的所有目光都像车轮辐条一样聚焦到了桌子中央的靴子上。

“是的，正是她，”潘尼先生接着说，好像把靴子视作唯一的听众，“她就是新来的小学女老师。你们知道吗？他的闺女可是受过培训的。”

“奇怪，圣诞节晚上她要来，潘尼师傅，你说是不是？”

“可不是嘛，我想，她就是要来。”

“我知道她为什么要来，我就是知道！”一个小孩活泼欢快地说。

“为什么？”迪克有些感兴趣地问道。

“梅伯牧师担心明晚会餐的时候人手少忙不过来，怕照顾不好大家，然后就叫她过来帮着收拾碟子，确保我们不要出洋相，她来就是为的这个！”

“这就是明早她上教堂要穿的靴子。修理别人做的鞋，我倒不介意；可就不知道结果会怎么样，她父亲老来找我。”

在酒盅和蜡烛之间放着这个不相识的人脚上穿的有趣的东西——是一只十分漂亮的靴子。事实上，这靴子有个特征——灵活弯曲的跗面、容纳小小的脚趾的圆形鞋头、此刻早已忘却的因不小心的疾走而造成的擦痕——所有这一切昭然若揭，成为一种本质或偏见的见证。迪克仔细端详着这只鞋，感觉很微妙，在没征得脚主人许可的情况下，其实他无权这样做。

“嘿，街坊们，一般人是看不出来，”鞋匠接着说，“但是干这行的就能看明白这靴子和那鞋楦之间的相似之处，虽然那鞋楦歪七扭八得几乎想不到那是人穿的，而这靴子跟在卡斯特桥十先令六便士才能买到的一样漂亮。对你们来说，什么都看不出来，可是在我看来，哪是父亲的，哪是闺女的，一目了然。”

“我不怀疑他们有相似之处，潘尼师傅——有点儿相似——奇妙的相似，”斯宾克斯说，“也许只怪我没有足够的想象力识别出来。”

潘尼先生调整了一下眼镜。

“哎，我告诉你一件曾经发生在我身上的与这有关的事儿。威廉，你过去认识约翰逊，那个牛奶场老板吧？”

“唉，认识，确实认识。”

“嗯，那地儿不在他家对面，稍微往下点儿——他的小牧场旁边，在帕克麦兹池塘前。我正好经过那里去布鲁恩，你猜怎么着，我看见一个男人刚从池塘里被捞出来。这人已经死了，在水里泡得光溜溜的，没穿衣服。男人看着，女人看着，小孩也看着，谁也不认识他。他身上盖着一块床单，正当人们抬着他走过的时候，我一眼看见了他露出来的靴子。‘不管旁边经过的那人叫什么，’我按我的规矩说，‘他是约翰·伍德沃德的兄弟，就凭那家人的脚，我敢发誓。’这时候约翰·伍德沃德正好走过来，他一边很吃力地走着，一边哭喊着，‘我失去了我的兄弟啊！我失去了我的兄弟。’”

“瞧这本事!”杜威夫人说道。

“够能耐的，能分出这脚那脚。”斯宾克斯先生说。

“事实上，脚走多远，人就有多精明。我不懂什么，真的——我也说不出什么，可是给我看一个人的脚，我就能说出这人的心。”

“您一定比一般人聪明。”车户说。

“哎呀，我没什么可说的，”斯宾克斯先生回答，“人边活边学，活到老学到老。或许我在有生之年读了一两页书。我不希望讲什么大话，可是也许我已经讲了。”

“是，我知道，”迈克平静地说，“全教区都知道，您几乎读遍了各个方面的书，一直是给年轻人头脑灌输知识的了不起的人物。学问是很有价值的东西，您已经拥有它了，斯宾克斯老师。”

“虽然我是读了些书，也做了点儿思考，但我不吹嘘。我知道——学问也出自用心读书，可是我不自吹自擂——到人的头脑装满了的时候，他也差不多该在地下爬滚了。我现在四十五岁。”

斯宾克斯先生做出了一个表情，表明他的头脑还没有填满，任何人的头脑也不会。

“说起以脚识人!”鲁本说，“伙计们，嗯，即便一个人所有部件加起来，我也很难从中判断他的来头，经常这样，如果我有这个本事，那么就让我腐烂掉吧。”

“不过，样貌还是很重要的，”威廉爷爷漫不经心地说，他挪动并调整了一下头的位置，直到詹姆斯姥爷的鼻尖恰好和威廉的眼睛以及他分辨出的火中的小洞口正好形成一条线，“顺便问一下，”他一边继续说着，一边抬头向上看了看，声音越发清亮，“今晚我们要唱给大伙，还有那个年轻人，那个女老师听吗？假如她的耳朵像她的脸蛋一样好的话，我们可要给她好好露一手。”

“她的脸蛋咋样？”小杜威问。

“嗯，这个嘛，”斯宾克斯先生回答，“那是一张你几乎无可挑剔的脸。可以这样说，非常俊俏，粉面含春。说一千道一万，就是一张脸。”

“得了，得了，别卖关子了，伊连斯·斯宾克斯，说她是个漂亮姑娘不就得了。”车户说着又准备去看酒桶。

第四章　巡回演出

十点过后不久，唱歌的男孩们到了车户家，这是固定不变的聚会地点，唱诗班准备动身了。年长的男子和乐师们穿着硬直领的厚大衣，彩色的围巾在脖子上绕了一圈又一圈，直到一端垂下来齐手长，只露出耳朵和鼻子，像人们趴在墙头上探头张望。其余身体健壮、面色红润的男子和小伙子大都穿着雪白的长大衣，衣服的肩部和胸部绣着红桃、方块、Z字线等装饰性图案。这时酒缸子第九次喝干了，乐谱书已准备停当，演奏的曲目也最终敲定。小伙子们把灯笼一应摆放整齐，把蜡烛切成短节放入灯笼。自从傍晚起，地上已下了一层薄薄的毛毛雪，那些没带护腿的人到马厩用干草在脚脖子处绑了个草圈，以防雪片钻到靴子里。

梅尔斯托克教区面积相当大，教区主要村落之间的间隔距离比一般的村落间隔要远得多。因此即使每户人家只演奏一个曲子，每家都演唱过来就得好几个小时。下梅尔斯托克是最主要的村子，离此半英里处是教堂和牧师宅邸，还有几座别的房子。这一带上个世纪曾是该教区人口最稠密的区域，如今却十分偏僻。东北方向一英里处坐落着上梅尔斯托克村，车户就住在那儿。在其他几个小地方，除了几座孤零零的农房和几个牛奶场外，还有几处面积不大的农舍。

老威廉·杜威拉大提琴，他管低音部；他的孙子迪克拉高音小提琴；鲁本和迈克·麦尔分别演奏次中音和二度提琴。演唱组有四个男子和七个男孩，他们还要负责搬东西，打理灯笼，另外，还有为演奏人员翻开乐谱的任务。音乐一进入主题，老威廉就本能地站到前面。

“街坊们，现在注意了，”他说，这时大家一个接一个地走出去到了门口，他把门打开，大伙经过的时候他表情严肃地注视着他们，就像牧羊人在数他的羊一样，“你们两个唱高高音的小伙子，要留意迈克的指法，不要像去年那样跟着迪克和他那个组串到最高音部去，特别是我们唱到‘起来，欢呼’的时候要注意这一点。比利·琪棱，你别老那么疯吼狂叫。大家都听着，不管怎样，我们进人家大门的时候千万不要乱糟糟地吵闹，要悄悄地走，这样就可以像幽灵一样突然出现。”

“农场主莱德洛第一个？”

“农场主莱德洛第一个，其他人照常。”

“嗯，沃斯，”车户十分决断地说，“你看家一直到大概两点半，然后把辣蜂蜜酒和苹果酒在热酒器里热一下，连同吃的一起带到教堂墓地的小门，这你清楚。”

在十二点的钟声敲响前，他们点亮了灯笼，开始出发了。大雪后，月亮升起来了，有四分之三那么大。由于云层很厚密，月光很微弱，只在地表蔓延，而没有穿透到空中。风停了，沙沙的脚步声和说话声从他们经过的每一根柱子、每一块地界石和每一堵古老的墙上灵动地回响，甚至在距离几码[①]的地方也会传来回音。万籁俱寂，只有他们自己轻微的说话声，偶尔能听见几声从雅尔伯里林方向传来的狐狸的叫声，或者还有兔子时而在草丛中蹿跳时的窸窣声。

大约到两点的时候，大部分外围的住户和村子都去过了，唱诗班然后绕着一个树园子的边缘向主要的村子走去，遗憾的是大宅邸无人在家。走在不熟悉的小路上得格外小心，否则脸就会碰到老菩提树低垂的树枝上，这些树的树枝在许多地方都密密地交织在一起。

“时代变了，不像从前了，”麦尔说，“人们不太在乎我们了！我一直寻思着，我们该是这个郡剩下的最后一批老式弦乐手了吧？手摇风琴以及类似的脚踩乐器近几年来势很猛。”

“唉！”鲍曼摇摇头说。老威廉也摇了摇头。

“更遗憾的是，”另一个人回应道，“今非昔比，世风不古！想当年没听说过恶人，那正是有利于唱诗班风光的时代。他们也应该像我们一样坚持住弦乐，堵住单簧管，废除蛇形管。我说，如果想兴起宗教音乐，就应该牢牢抓住弦乐。”

“弦乐在一定程度上能提高灵魂境界。”斯宾克斯先生说。

“有比蛇形管更糟糕的，”潘尼先生说道，“传统的东西都过时了，的确如此；可是蛇形管可奏出古老优美的曲子，那种深沉醇厚的曲子就是蛇形管奏出的。”

---

① 长度单位，1码=3英尺=91.44厘米。

“然而单簧管什么时代都很糟糕，”迈克·麦尔说，“有一年圣诞节——多年前，好多年前——我跟韦特伯里唱诗班一起巡演。那晚很冷，所有单簧管的键都冻住了——啊，好家伙，真冻住了！——结果每开一个键就像拔塞子一样，演奏者时不时得钻到树篱和深沟围着的烟囱角落让琴键解冻。每个单簧管的一端挂着一串口水冻结成的冰柱，说到手指，唉，这样，如果你相信我，我们根本就没有手指，我们很清楚。”

“我对当时可怜的约瑟夫·拉尔（此人在乔克-牛顿教堂演唱了四十二年的最高声部）所说的话至今还记忆犹新，”潘尼先生说，“那时候他们考虑上单簧管。‘约瑟夫，’我说，我是这样说的，‘看样子，假如你让他们吹单簧管，你就会毁了整个乐队。单簧管不是为主服务的，它不适合演奏圣歌，这个你自己也能看出来。’我说了。可结果怎么样呢？嘿，天哪，那个牧师就在我说的两年内自己掏钱购置了一个手摇风琴，那儿的老唱诗班终于化为乌有了。”

“就外形来说，”车户说，“从我个人的角度，我并不认为小提琴比单簧管更接近天堂，相反更远。小提琴的样子总是有一种流氓放荡的扭曲样，似乎在告诉人们邪恶撒旦插手制造了他们，然而在天堂或类似的地方，天使应该演奏的是单簧管，假如你能相信外形的话。”

“罗伯特·潘尼，你说得对，”老杜威插话了，“他们本应该坚持演奏弦乐。你的吹单簧管的人是条热情的狗——挺好；吹芦笛的是搅浑水的孙鲽——不错；敲鼓的能把人的肠子震断——也好。可是我不在乎谁听我说，什么也赶不上拉弦子的人甜美的音乐动人心扉。”

“弦乐永远能打动人！”小吉米说。

“和所有新发明的乐器相比，只有弦乐能保得住一席之地。”（“对，对！”鲍曼说。）“不过单簧管已死了。”（“它们是死了！”潘尼先生说。）“还有簧风琴，”威廉继续越发大声地说着，有这些赞同的信号，他很激动，“簧风琴和手摇风琴。”（斯宾克斯“啊！”的一声，接着又发出几声哀叹。）“真悲惨——该说什么来着——悲惨——”

“罪人。”吉米提议说，他像大人一样大步流星地迈着阔步，没有像其他小男孩那样落在后面。

“可怜的大黄蜂！”

“对，威廉，他们是这样——可怜的大黄蜂！”唱诗班一致赞同。

此刻他们正朝学校方向的一个大门走去。学校坐落在三条路交汇处稍微高的位置，这时在天空的映衬下，学校出现在一片恒定、黑暗、单调的氛围中。

乐器都调了音，所有乐队成员进入了校园，老威廉吩咐他们站在草地上。

“第七十八首。”他轻声说。这时他们靠拢成一个半圆形，为了照得亮些，男孩子们打开了灯笼，让光线对准乐谱。

接下来，一曲古老陈旧的赞美诗穿透了寂静的夜空。体现了基督教古雅的歌词由父及子经过几代人口口相传，如今传到了在场的这些人耳中。他们热情地唱道：

“牢记亚当的堕落，
哦，你们人类：
牢记亚当的堕落
从天堂到地狱。
牢记亚当的堕落；
他怎样迫使人类堕落
永久在地狱
在那儿居住。

牢记上帝的仁慈，
哦，你们人类：
牢记上帝的仁慈，
他的承诺。
牢记上帝的仁慈，
他派遣他无罪的儿子
来抚慰我们的伤痛；
千万别害怕。

他出生在伯利恒，
哦，你们人类：
他出生在伯利恒，

来拯救人类。
他出生在伯利恒，
圣诞节早晨：
我们的救世主不鄙视
我们的过错。

永远感谢上帝，
哦，你们人类：
永远感谢上帝
满怀喜悦地感谢。
永远感谢上帝
在这欢乐的日子：
让所有人歌唱欢呼，
神圣，神圣！"①

唱完最后的音符后，他们仔细听了一两分钟，发现校舍中没有传出任何声音。

"吸四口气，然后唱，'哦，多么无边的仁慈！'第五十九曲。"威廉说。

第五十九曲按部就班地唱完之后，他们还是没有注意到有任何反应。

---

① 圣诞颂歌《哦，你们人类要牢记》原始版本出版于1611年，由托马斯·雷文斯库洛夫特词曲。

“凭感觉，这不应该是空房子啊，就像三九年和四三年遇到的一样!”老杜威说。

“也许她刚从某个音乐城市回来，瞧不起我们的这种玩意儿?”车户小声说。

“真他妈的!”潘尼先生说着，看了一眼学校烟囱所在的一个角落，像是要摧毁它，“假如真是这样，我很讨厌她。我相信，一般音乐演好了照样能赶得上演坏了的所谓的好音乐，天哪，我就这个说法。”

“吸四口气，然后唱最后一曲，”领头人下达了权威命令，“‘欢乐吧，地上的居民，’第六十四曲。”

歌曲收尾后又等了一分钟，他像过去四十年来每当这个节日这个时刻在村里常说的那样，用清澈响亮的声音喊道——

“祝你圣诞快乐!”

第五章　听众

那份沉寂终于使他们感到惊讶，这是他们料想到的，当他们对这残酷的现实几乎觉得无所谓的时候，只见灯光从楼上一扇窗户里慢慢亮了起来。灯离窗帘很近，外面的人可以感觉到灯火的确切位置。唱诗班的人各个目光专注地看着，过了一会儿，窗帘从灯前拉了上去，呈现在三十双眼睛前的是一位年轻的姑娘，窗框使她形成了一幅美丽的图画。姑娘左手拿的蜡烛靠近她的脸，烛光无意间把她的脸照得生动明丽，右手伸向窗户的一侧。她身穿一件叫不上名字的某种式样的白袍，浓密漂亮的头发编成发辫，垂在肩上，很凌乱，这种状况只有在夜晚看不见东西的时候才有机会看到。姑娘明亮的双眼看着外面灰蒙蒙的世界，眼睛里有一种介于大胆和羞涩之间的不可名状的眼神。当她看清了集中在眼前的黑乎乎的半圆形时，眼神变得愉快而坚定。

她打开窗户，亲切地小声说——

“谢谢，唱歌的人，谢谢你们！”

窗户迅速静静地关上了，窗帘开始放回到了原来的位置。她娇美的额头和眼睛消失了，小嘴、脖子和肩膀也消失了，整个人都看不见了。接着那团烛光像刚才那样很模糊，随后被移走了。

“太美了！”迪克·杜威惊叹了一声。

"即便是真的蜡人，也不会比她更标致。"迈克·麦尔说。

"几乎和我希望看到的想象中的美人一样美!"车户杜威说。

"哦，这等美人我从来没见过，从来没见过!"里福激动地叫着。

其余的人清了清嗓子，整了整帽子，一致表示为这样的景象值得一唱。

"现在去农场主夏纳家，然后填填肚子，好吗，爹?"车户提议。

"完全同意。"老威廉说着把琴扛在了肩上。

农场主夏纳家的房子看起来很奇怪，它们坐落在通往主干道的小路的拐角处。上面窗户的宽度远远超过了其高度，本来应该是门的位置上却是一扇宽大的月桂木窗户，白天看似一张狐疑的人脸，狡猾邪恶地看着人们。夜晚在天空的映衬下，除了屋顶的轮廓外，什么也看不见。

唱诗班来到这座房子的前面，照例做了演奏前的准备。

"吸四口气，第三十二曲，'望晨星'。"老威廉说。

第二节演奏到了尾声，提琴手正调整琴弓的位置准备演奏第三节开头的和弦，这时既没有出现灯光，也没有发出任何信号，突然传来了一声惊人的怒吼——

"住嘴，好不好！不要在这儿乱喊乱叫！人家头疼得快裂了，想要安静!"

窗户一甩手重重地关上了。

“喂，这是对我们最狠的一招！”车户一边用很欣赏的声音说，一边转向同伴。

“唱完这只曲子，所有爱好音乐的朋友们！”老威廉命令到，他们继续唱完了那首曲子。

“吸四口气，第十九首！”威廉坚定地说，“好好回敬他，唱诗班不能白受这样的窝囊气。”

这时灯闪了一下，亮了，窗户开了，农场主站着，情绪显得很激动。

“盖了他！——盖了他！”车户大声喊着，提琴拉得很疯狂，“大声拉呀，盖了他的声音！”

“大声拉呀！”迈克·麦尔说。此时音乐和歌声融合在一起，声音很大，无法听清夏纳先生说了什么，在说什么，抑或准备说什么。只见他疯狂地挥动手臂，扭动身体，做出大写的X和Y状。他似乎谩骂了好一阵子，足以让整个教区万劫不复。

“太不合体统了——太过分了！”当大伙不再唱了的时候，老威廉抱怨说，“在我所有的圣诞巡演中，从来没有遇到过这样可恶的现象——从来没有！何况他还是教堂执事呢！”

“只因酒上头了的缘故，”车户说，“人宗教的一面都很好。目前是他世俗的一面。我想，应该邀请他来参加明晚的晚会，让他再次享受幽默的氛围。我们对任何人都不怀恶意。”

此时他们穿过了梅尔斯托克桥，继续沿着弗鲁姆河边隐藏在树林中的小路朝教堂和牧师宅邸走去，靠近教堂墓地的时候碰上了沃斯，他带来了辣蜂蜜酒以及面包和奶酪。这样他们就决定先吃点儿东西，喝点儿酒，然后继续赶路。之后他们进入教堂，登上了廊台，打开了灯笼，围成一圈坐在长凳或其他能坐的东西上，整个身体靠在墙上，开心地吃了一顿饭。在谈话的间隙，透过头顶的楼板可以听到停停走走的钟发出的低音和吱扭声，这声音从来不会传到远过它们诞生的塔楼的地方。钟声在喜欢沉思的人的脑海中激起一种想象——这里就是时间的直接通道。

吃喝完毕后，唱诗班又调好了乐器，再一次进入了夜色中。

“迪克呢?”老杜威问。

每个人都四下里看别的每一个人，好像迪克会变成某个人或另外一个，然后大家都说不知道。

“哎呀，我认为这就是迪克师傅不地道的地方，我还就这么说。”迈克·麦尔说。

“看样子，他已经跑回家了。”另一个人说，但也不敢确信。

“迪克!”车户高声喊了一声，那声音浑厚响亮，穿过了紫杉树。

他静心倾听，肌肉像石头一样凝固，发现一切都是徒劳，便转向那群人。

“又是唱最高声部的！咳，如果是唱高音或高高音的小子，缺了他我们还可以想办法对付其余的曲子，你们明白。对于一个唱诗班来说，嘿，天哪，就好比失去了……”车户停了，不说了，他无法说出对于这个场合如此关键的角色的那个词。

“立刻失去了头。”潘尼先生补充道。

车户移动了一步。人们好像很幼稚，在有更紧迫的事需要做的时刻居然来补话。

“听说过这样的事吗？一个年轻人工作只干了一半就撒丫子走人了！”

“没有。”鲍曼回答，听口气好像在说他是世上最不愿推卸自己最后应尽责任的人。

“但愿这孩子没遇到什么要命的坏事！”他爷爷说。

“哦不，”车户杜威若无其事地说，“不知道他把琴放哪儿了。哎呀，那琴值三十先令呢，买的时候还说了不少好话。没准放在了潮湿的地方，肯定是，那乐器十分钟就会脱胶损坏——十分钟！唉，只需两分钟。”

“以正义的名义，我说究竟出了什么事啊？”老威廉说，心里越发不安了，“可能淹死了吧！”

把灯笼和乐器留在钟楼后，他们沿着水边的路寻找。“像迪克这么高大壮实的小伙子心里很清楚，不会做事叫人毫无察觉的，”鲁本说，“一定有某种零碎细小的原因，这向来是明摆着的。”他压低声音，用一种神秘的语调说：“街坊们，你们有没有注意到迪克脑子里想追求姑娘或者这类事情的迹象？”

“压根儿就没有。他还像水一样清澈呢。”

“迪克说他不娶媳妇，”吉米喊道，“要一直在家跟妈妈和我们一起过！”

“唉，唉，孩子，在他这个年龄的小伙子都这么说。”

他们此刻又回到了夏纳先生家的附近，可是没听到这个方向有人，偶尔只有一两个人朝学校走。卧室的灯依旧亮着，窗帘是放下来的，但窗户一直稍微开了点儿，好像要让远方的赞美诗歌声传到屋子主人的耳朵里似的。

窗户的对面，一动不动倚着桦树的就是那个失踪的人。双臂交叉着，头向后仰着，眼睛死死盯着亮着灯的阁楼。

“嘿，迪克，是你？你在这儿到底干什么？”

迪克的身体瞬间恢复了理性的姿态，只见脑袋向东西转了一下，神色很忧郁，好像要努力找出问题的答案，最后用相当微弱的声音说：“没事，爹。”

“就为这浪费了好长时间，真是的。”车户说。这时他们再次转身朝牧师宅邸走去。

“我原以为你们没在廊台上吃东西呢。”迪克说。

“嘿，我们一直跑来跑去到处找你，想着你干了许多危险要命的事，结果没想到你在这里没事儿闲耗着！”

“蠢就蠢在根本就不是什么事儿。”斯宾克斯先生小声嘟囔。

牧师宅邸的前面是他们演出的下一个场地，梅伯先生——最近新到任的那位牧师，如期接收了属于他的那份夜间音乐。本来希望出于他的职位他应该受到音乐的诱导打开窗户，他却没那样做。为了能把他引出来，唱诗班很快又唱了一曲，但是梅伯先生还是没有任何反应。

“不好的兆头！”老威廉摇了摇头说。

然而，就在同一瞬间，突然传来了一个动听的声音，这声音像是从被窝深处喊出来的——

“多谢了，乡亲们！”

“他说什么？”鲍曼问。他听力非常迟钝，因此说话声音很大，被里面的牧师听到了。

“我说，‘多谢了，乡亲们！’”牧师再次喊了一声。

“哦，第一次我们没听见啊！”鲍曼喊道。

“好了，看在上天的份儿上，别这么回答，会扫了年轻人的兴！”车户说。

“不会的，我的朋友们！”牧师喊道。

“你瞧，耳朵多灵！”潘尼先生小声说，“胜过教区任何一匹马和一条狗，看样子，这是个征兆，他是个很聪明的家伙。”

“我们很快就会见证这一点。”车户说。

新来不久的居民如此的感谢使老威廉很感动，为了表达对他的感激，老威廉迫不及待地想把所有的曲子重新演一遍，鉴于鲁本提醒最好别再打搅人家，老人家只好放弃了这个念头。

“从今晚的情况看，”当他们要翻过山慰问最后剩余的几户的时候，车户继续说道，“也就是说，以刚才我们见到的那个年轻女子的样子和这个年轻的男高音牧师的情况，我相信她肯定能把他玩得团团转，把这个可怜的年轻家伙扭成‘8’字形——绝对没错，伙计们。”

第六章　圣诞早晨

唱诗班的人终于躺到了床上，和教区其他人一样睡觉了。三四个小时的休息时间里，迪克的睡眠总是受到干扰，睡得很不踏实，睡得时间很少；晚上与学校窗户有关的那一幕一直在他的脑海中浮现，让他有些筋疲力尽。

早晨，他做了些往常做的事——上楼，下楼，出门，谈论风和天气，或者一些平常不做的事——他无法克制，那有趣的演出在想象中不断浮现。他站在壁炉旁，身体的重心倾向于一只脚的边缘，看着母亲烤火腿片；可是，烤什么都无所谓，他脑海里只有那天的情景。软绵绵的火腿片从烤炉的铁杆间垂下来，就像小孩子怀里抱的小猫；可是，对他来说根本没有相似之处，除非她亲口讲出来。他看着黄色的日光影子和火光映在刷白了的烟囱角上的影子在跳舞，但是影子里什么都没有。“今天早晨那个新来的年轻女子——叫啥来着——范茜·戴小姐，可能在教堂和我们一起唱。”他说。

车户看了好长时间才回道：“我想会，又一想不会。”

迪克暗自思忖，这样的话不但不令人欣赏，还让人难以接受；尽管他知道父亲有意这样说，按理多半跟他的嗓子的机械性有关，跟说出的事情并无多大关系。

他们像平常一样准备去教堂。迪克兴致高昂，当然他不会刻意思考他对宗教为何这般虔诚。他又刷又擦收拾他最好看的轻便靴子的精彩程度，简直可以上升到艺术的高度。上周粘上的泥渣泥点儿从鞋尖到鞋跟全部刮擦干净了；精心调制并用上了小包装的新鞋油，他不在乎花销；涂上一层，进行打磨；然后又涂上一层增加黑度；最后涂上第三层使它油光可鉴、乌黑发亮，那是他心中期望的偶遇所需要的。

因为是圣诞节，车户按礼拜日的特殊规格为自己做准备。从屋子后部的水槽传来响亮的入水声和粗重的鼻息声，表明他正进行礼拜日的大洗，需要半个时辰，与此相比，工作日早晨的洗澡那简直就是平底锅里打的几次溅水。他手拿棕色大毛巾消失在外屋，前面申明过的入水声和鼻息声又持续了大约二十分钟，车户出现在门边，像夏日的雾一样，浑身冒着湿气，散发着一股怪味，看起来好像侥幸逃脱了一座有水的坟墓，丢了许多衣服，一直心酸地哭泣，把眼睛都哭红了；晶莹剔透的水珠挂在耳垂上，起了装饰作用，一滴挂在鼻尖上，其他的像亮闪闪的珠子垂挂在头发上。

在这些准备过程中，父亲、儿子、孙子需要来回走动。他们的脚踩在铺了沙子的石板地上，发出了许多沙沙声。随后他们从角落里拿出了低音琴和小提琴，检查了琴弦，并把音高调得比演奏时稍微高了一点儿，这样开始的时候他们能保持音调，免得在一片咳嗽、打喷嚏和“阿门”声中在廊台的后面重新调音——大家知道在潮湿的冬季调音很不方便。

祖孙三人出了门，走过了梅尔斯托克巷，穿过了羊儿正在吃草的草地。他们腋下夹着琴，琴装在褪了色的绿色厚毛呢袋子里，手里拿着棕色的陈旧的乐谱书。迪克一再发现自己把另外两个人落在了后面，车户走路时八字脚向外撇得很严重。

在山坡脚下透过北边的门可以看见教堂，当地管这门也叫“教堂小门”。从远处可以看到由七人组成的一簇人，他们行动敏捷，证明是唱诗班的男孩。他们坐在祭坛坟墓上消遣，脚悬着，脚跟抵着祭坛。看见乐师们来了，这群少年急速跳下祭坛，丁零当啷地像骑兵团一样爬上教堂廊台的旧木头楼梯。教区其他男孩在外面等候，观察小鸟、小猫和其他动物。牧师一进来，他们突然迅速变成了清醒的上教堂的人，走过教堂的走廊，脚步声还带着回音。

梅尔斯托克教堂的廊台自有其独特的风格和情调，一个陌生人在那儿的感觉跟下面的会众对他的感觉想必完全不同。从下面看，作为一个从教堂的正厅驱逐出去的闯入者，他并无什么新鲜好奇之处；在上面，却别有一番光景，他觉得很好奇，很有意思，毫无乏味之感。廊台俯视着大厅，知道大厅里人们的习惯，哪怕最远处人们的癖好，对大厅的信息了如指掌；而正厅对廊台上的人却一无所知，除了他们高声的半音和低沉的胸音。比如，牧师除了喊“阿门”的时候一直在嚼烟草；他的凳子上布满了灰尘；在布道的时候，村里一些姑娘好多年来一直对和婚礼仪式一样温和的仪式不加理睬，现在却有规律地关注起接下来的仪式①；一对恋人通过他们之间的长椅上的节疤

---

① 根据《公祷书》，婚礼仪式接下来是“妇女分娩后的感恩”，也叫“妇女教仪”或“安产感谢礼”。

孔，效仿他们的大楷模皮拉缪斯和忒斯彼①的方式勾着手指；还有农场主的妻子莱德洛夫人在讲第一课的时候点钞票，估算买东西的花销——这些话题对底下的人来说全是新闻，可是在廊台上却司空见惯。

老威廉坐在前排中央，两旁各站两位歌手。在他身后，左面是最高音歌手和迪克，右面是车户和高音歌手。再往后是老麦尔和唱高高音的，还有额外一些人。

就在他们就座前，大家在廊台后面站成一个圆圈练习一两首赞美诗的时候，迪克的眼光越过爷爷的肩膀，看见昨晚的幻影实实在在地走进了门廊，好像她从来就不是幻影。她的行动突然给古老的教堂注入了新的魅力，使迪克全身心生发了强烈的新感觉。在教会执事夏纳的指引下，她来到了教堂北面的小走廊，这个地点现在是专门为礼拜日唱诗学校的女孩子准备的。从廊台前那一侧最远的拱起的弯曲部望下去，一切看得很清楚。

教堂刚才还显得比较空荡，现在却一下子拥挤起来了。范茜小姐站起身，环视四周，想找一个固定位置坐下来——最终选择了最远处的一个角落——此时的迪克开始更加自由地呼吸她随身带来的温暖的新空气，他感觉浑身的血液在沸腾，心想他和她之间有一种关系，这关系所有会众都能看得出来。

---

① 皮拉缪斯和忒斯彼是罗马神话中的一对巴比伦情人，由于受到双方家庭的阻挠，他们只能通过墙上缝隙谈情说爱。在《仲夏夜之梦》中有该剧的演出，剧情与莎士比亚戏剧《罗密欧与朱丽叶》相同。

自那以后，这位青年会独自回想起那个阳光明媚的圣诞早晨教堂仪式的每一个环节、当时间一分分缓慢流动的时候出现的每一个细节。那天的仪式和往日有天壤之别。那天早晨唱过的曲子他经年不忘，而其他的曲子却早已成过眼烟云；他还记得那天的经文；还记得在教堂柱子顶上的那层灰尘；甚至记得教堂拱门的冬青树枝挂得有些偏了——简言之，就是那些趁理智最不作为的时候通过眼睛爬到脑海的所有意象。

碰巧也罢，命运也罢，那个圣诞早晨在梅尔斯托克教堂的另一位青年在仪式快要结束的时候，同样本能地对在场的这位伶俐的姑娘产生了兴趣，不过他的情感远远没有发展到同等水平。就因为这个差异，我们谈论的这位对他的处境感到十分吃惊，他努力使自己的心智趋于正常。这个男子不是别人，正是那位年轻的牧师，梅伯先生。

圣诞早晨的音乐一般赶不上别的时候在教堂演出的水平。由于晚上很辛劳，孩子们很瞌睡；男人们也有些疲惫；此刻，除了这些惯常的原因之外，空气潮湿使之雪上加霜。由于长时间暴露在夜晚的空气中，乐师们的琴弦升了半音，在最沉寂的时候会“嘣”的一声断了，这样迫使更多人退到廊台的后面，使廊台上的声音听起来很嘶哑，混合着大量的咳嗽声和需要跟着音调而发出的哼唱声。牧师看起来很生气。

正唱着的时候，突然从某处传来了一股尖锐有力的强音，最终发现那是学校女童所在的走廊处发出的声音。这个声音一次比一次鲁莽，一次比一次明显。在第三次唱的时候，这些有点儿强行突入的女声跟那些正式歌手的声音一样大。事实上，这一部分的音有其独有的特征，它有自己的时间、音调和几乎属于自己的旋律，当廊台上的声音降下来的时候，它要升上去，或者相反，绝不重叠在一起。

在人们的记忆中，这种现象是绝无仅有的。女孩子们和其他会众一样，一直以来谦卑恭敬地跟随着廊台上的人；如果没有廊台上的领唱会唱得乱七八糟；她们从来不会干涉这些训练有素的艺术家们的规矩——她们没有自己的意志、联盟、权利或欲望，除非得到高高在上的功成名就的唱诗班的认可。

从廊台上唱诗班的歌声和弦乐中，可以明显地听出他们的那种绝望，这种绝望贯穿了仪式的整个音乐部分。乐师们放下小提琴，潘尼先生把眼镜放进护套，经文已经诵完，这时有人开始愤慨地小声嘀咕。

“你们听到了吗，我的乖乖？”潘尼先生鼻子哼了一声说。

“不要脸的小丫头！”鲍曼说。

“对！咳，即使她们唱每一曲的声音没有超过我们，至少也跟我们的声音一样大，跟提琴和所有的乐器比也没两样！”

“提琴和所有的！”鲍曼辛酸地重复道。

“有比合唱团的女人更无理的吗？”斯宾克斯先生小声嘟囔。

“我想搞明白的是，”车户说（似乎他已经弄明白，可是那种文明需要言语来表达），“哪门子的人让姑娘们这样唱的？她们没有坐在廊台上，甚至生来压根就没有上来过。这就是问题，伙计们。”

“全天下人都知道，廊台上的要唱，”潘尼先生说，“嘿，天哪，假如坐在教堂最底下的人可以随意那样唱的话，先人们还花那么多钱建廊台干什么？”

“真的，我想我们这些无用的东西最好还是赶紧滚出教堂，提琴和所有的！”斯宾克斯先生大笑一声说。这笑声对陌生人来说或许听起来温和而真切，只有他针对的那些身在那个组织中的人才能真正理解，潜藏在“无用的东西”这几个平静的字眼里的那种可怕的、充满讽刺的酸楚，以及听似自然的笑声中暗含的伤感。

“不要紧！就让她们也唱吧——这样声音会更大——嘿，嘿！”里福说。

“托马斯·里福啊，托马斯·里福！你懂什么呀？”威廉爷爷厉声说道。

吓得里福立刻努力做出一幅乖乖的什么都不懂的样子。

“说也说了，做也做了，伙计们，”鲁本说，“如果她们只是偶尔参与进来小声唱，别让人听见的话，她们但唱无妨。”

“绝无大碍，”潘尼先生说，“可是，我不想冤枉人，在得到主的裁决之前，我想说在唱最后一首赞美诗的时候，她们每一个音符的声音都跟我们的一样大——每一个音符，好像就该她们唱似的。”

“这个我懂！啊，我想我当时确实懂！”此刻听见斯宾克斯先生说，他并没有指他的同伴乐师——冲着似乎闪现在眼前的某个念头摇了摇头，然后凄然一笑，好像此刻在参加葬礼，“啊，我懂，还是不懂！”

无人问懂什么，因为凭经验，人人明白随着时间的流逝，他懂的那些自然会昭然于世。

“昨晚我想我们和那个年轻人之间会有麻烦。”车户在斯宾克斯继续说之前抢先说了一句，眼睛朝站在讲坛里的心不在焉的梅伯先生望去。

“我想，”老威廉说，态度十分严肃，“嘀嘀咕咕个没完没了，高低贵贱，对任何人横竖都无意义。”然后他闭上嘴，目光集中到了牧师身上，暗示只有愚昧的人才会喋喋不休。于是廊台上一片寂静，斯宾克斯先生的言论终究没能发表完。

就早晨的这段插曲，迪克什么都没说，车户说的也很少；因为吃早饭的时候，杜威夫人表达了她想请这个罪人们的年轻领袖来参加圣诞节晚会的想法——一条迪克自获悉以来特别激发自己思想的消息。圣诞节晚会是当地的习俗，由于车户骨子里有些愤世嫉俗，因此他对聚会的感觉比其他唱诗班成员都要冷淡，尽管友谊和忠实的伙伴关系本身使他仍然保留了一种发自内心的诚恳。

第七章　车户家的聚会

那天下午，人们看见车户杜威家的院子里有些不寻常。一家人忙得不亦乐乎：扫去了石板地上的尘土，上面撒上了薄薄一层从附近沙坑的最里层取来的细黄沙。接着拿出了裹着一层黑乎乎油腻腻的东西的大刀叉，显然保留着上一个圣诞节用过的痕迹，刀叉的一侧刻着“剪羊毛的好钢，保证质量”的字样，字迹清晰明确，无须质保人的名字做进一步证明，因此，没有刻上质保人的名字。钥匙没带在衣袋，却搁在了酒桶的龙头上。车户终于在屋里站了起来，让妻子像旋转门一样绕着他转，检查形象有无不妥之处。

“我拿到剪刀之前站着别动。”杜威夫人说。

听到这样的命令，车户像哨兵一样一动不动地站着。

仅有几处需要收拾：修剪了一下与总体格局不搭配、显得格外长的一两处络腮胡；修剪了衬衣领口边沿能看得见的轻微磨损的部分；拔掉了一根灰发——车户服服帖帖地任凭夫人摆布，唯有最后拔头发的时候发出了一声温和的“行啦，行啦，安”以示反对。

“确实，鲁本，这样子确实不太体面。”杜威夫人很严厉地说。这种严厉长期用于她的伴侣身上，说来也是合适的。她又叫他把身子转了一下，捡走了几根掉在外衣肩膀上的笑眯眯身上的马毛。此刻，鲁本似乎心不在焉，他打了个哈欠。“这个领子看着真寒碜——上面粘着污渍、尘土或油污，还有别的东西。嘿，你究竟从哪里弄的这些？”

“我想这跟我夏天好热的癖性有关。我一忙乎就会热得很。”

“唉，杜威家族尽是这样皮糙肉烂的人。你的兄弟鲍勃也一个德行——像个鼠海豚——每次遇到我，总是低声猥琐地问‘你好吗，安？’，我的确也以‘你好吗’来回敬他。只要太阳照上一分钟，你们统统脸冒大汗——从没见过这号人！”

“如果工作日热也就罢了，连礼拜日也一样。”

“要是哪个姑娘随了她爹，那她们将来的日子可就糟了，可怜的人儿！我家人可绝没有这样恶心的爱冒汗的人，一个都没有。可是，天哪，杜威这家人！真不知道我怎么就稀里糊涂嫁到这样的人家来了！”

“请你参加我们的活动的时候，你就会暴露出女人的弱点。我想就是这个原因。”车户似乎以前就听妻子说过这样一些话，因此，他的回答失去了回答新颖问题时应有的那份激情。

“你穿长裤从来也没穿这条这么好看，”她继续用不温不火的声音说，她这样对杜威家族不友好的批评似乎是一种常态，而非即兴发作，“这条裤子还很便宜。要多大有多大，里面缝了衬里，下面还缝了双层，裤脚额外上了一层浆。裁得很高，正好到胳肢窝下面；在接缝处窝进去很多，足够再做半条裤子；另外，还剩一块布可以好好做一个背心——我好说歹说才想办法低价买的，而且是亲眼看着做的。这就说明费点儿麻烦有些事情或许就能办成，省得直接去找那些无赖裁缝。”

正在这时，查理突然出现了，打断了她的话。查理脸上、手上黑乎乎的很难看，鼻子像流泪的蜡烛。在这样一个特别洁净的下午，他早就发现，悬挂着火腿的烟囱弯曲处和链子比家里其他物件更好玩，更有意思。为什么呢？这问题取决于养儿育女的母亲们。然而，这个幽默似乎在于大家都已看到的结果——任何一个玩家长时间贪玩后身上最终会抹上煤烟灰。这点儿小聪明之后，白天人们最后一次见到查理的时候，他刚好从他父亲的眼皮底下绕过了房子的一角，然后就不见了——他回头看了一眼，脸上露出犯了大罪一样的表情，就像《圣经》画里被抛弃的该隐①。

客人们都到齐了，车户家的聚会达到了平日里乡村聚会在晚上十点钟常有的那种热闹程度。这时从里面的餐具室传来了小提琴调音的声音。

“是迪克，”车户说，“这孩子对吉格舞太着迷了。”

“迪克！现在不能跳——确实，圣诞日是根本不跳舞的，”老威廉明确地说道，“十二点的钟一敲，你就可以跳个够了。”

“不过，我得说这里面是有规矩的，威廉，”潘尼夫人说，“如果在圣诞节晚上举办聚会的话，安安静静地坐着办，那只是出于对天上的神灵的礼貌和崇敬。吉格舞会是鬼节举办的，而现在看起来有些可疑。哦，是啊，钟声敲响之前别跳了，年

---

① 该隐（Cain），《圣经》里的杀亲者，是亚当、夏娃所生的两个儿子之一，因杀害弟弟亚伯而受到上帝惩罚。

轻人们——我就这么个理儿。”

大约这时候碰巧斯宾克斯先生热蜂蜜酒喝上了头。

“跳舞，”他说，“让人精力充沛、充满活力，是男女求爱的绝佳时刻，尤其是再加点儿饮料的话！跳舞是不错。但是，干吗要妨碍规矩呢，理查德①，鲁本，还有所有这一帮人？干吗，我问，事情就是这样？”

“十二点过后没事儿。”威廉说。

尽管鲁本夫妇管社交事务，但宗教问题主要由老人说了算，他在这一头的强势与处理家务、内政方面的弱势形成了相对平衡的状态。因此，家里年轻成员只能做出让步，他们的希望只好推到一小时四十五分之后——从他们目光中可以看出他们的扫兴和无奈——在间隔时间内允许唱歌。

十二点差五分的时候，又一次听到了从后面屋子传来的轻柔的调音声。当最后一下钟声最终敲响的时候，迪克看似做好了一切准备，乐器也做了大胆的处理，老威廉娴熟地把低音琴从惯用的钉子上取下来，尽可能以世俗的方式抚动琴弦。

他们跳了曲名叫“凯旋，或追随我的情人”的乡村舞作为开场舞。车户选潘尼夫人做舞伴，潘尼先生选了杜威夫人。潘尼先生明智地高扬起头，挺直了腰背，充分利用了有限的身高，加上眼镜骄傲的闪光，看起来似乎和车户一样高。夏纳先生大约三十五岁，农场主兼教堂执事，火辣辣的眼神、富有活

① 迪克是理查德的昵称。

力的气息、表链以及不微笑的时候也常挂在嘴上的神秘的笑意，这些成为他的主要特征。他很乐意参加这个聚会，奇怪的是他对自己头天夜里的可笑行为表现出若无其事的样子。尽管夏纳私下里施了什么手段，可是俊俏、苗条、衣着漂亮的、骄傲的范茜·戴却投入了迪克的怀抱。究其原因，是夏纳先生作为有钱人，在讨取姑娘欢心的时候，过于表现出一种胜券在握的自信，傲气得意，然而迪克不卑不亢，彬彬有礼。

只见我们的女主人公款款地走到女子队列中属于自己的位置。她的个头属于中等偏高。她跳舞的第一特征是身体轻盈灵动，这样在跳滑步的时候，她很放松，好像对她来说是一种惬意的享受。她乌黑的眼睛——眉毛俊俏、细长、柔媚，弯弯地卧在眼睛上方，就好像音乐中的两次和音——明亮清澈，顾盼神飞。她时而若有所思，每次不超过几分钟，频率把控得恰到好处，妩媚优雅，风情万种，但又不失真诚。嘴唇的形状和眉毛一样，轮廓清晰，弯曲柔婉。鼻子的样子很美——鼻子会说话，记得有种说法：一百张巧嘴和一百双锐眼才能抵得上一个俏丽的鼻子。漂亮的脸蛋辅以漂亮的衣着，黑褐色的头发打成了许多结，白色的纱裙配着蓝色的镶边。这位年轻的姑娘至少给人留下这样的印象，她在跳舞的女子中就好像蔬菜中的一朵鲜花，鹤立鸡群。

舞会就这样进行着。依照先定的有趣规则，夏纳先生放弃了自己的舞伴，和迪克的这位娇媚姑娘从队列的中间跳了下去——从屋顶看这一对就像在小巷赶去结婚一样。迪克快步紧随其后，表情看似镇定，但实际上却很傻——态度过于诚恳，其言外之意是，无法容忍这样的私奔。接着他们转了一圈又回来了，此时，迪克的嘴巴显得更加僵化别扭，脸由于过于热切而涨得通红，和情敌拉起手并在心爱的姑娘的头顶上方做成一个拱形，这些因素很可能使这个造型别有意味。在交换舞伴的时候，迪克重新和范茜在一起了，夏纳先生的新表链的每一环都在抖动，车户身上每一块松垮的赘肉——他又开始跳起来了——像果冻一样在颤动。在和车户跳的时候，潘尼夫人一直很担心她的个人安全，在车户对面来回快步舞动的时候，脸上一直保持着一种很谨慎的神情——脸扭曲成许多褶皱，眼睛眯成了短横线一样的小直线。她不但小心翼翼地重复着他正常的姿势，而且还迎合着因他丰富的想象力时而引起的略显夸张的动作——一种带有些许奴性和顺从的模仿，同时还夹杂着某种恐惧感。

妇女们的耳环狂野地四处晃动，狂乱地翻着筋斗，到处撞击，随即又安静地摇向耳朵，回归耳朵的牵制。克拉普勒夫人是一位肥胖的大块头女人，关于她肥胖的原因不知何故无人觉得值得一问。她穿着干净的围裙，伴随着各种舞蹈造型跳得很流畅，流畅得连脚都看不见，富于想象的人会以为她脚踩着火轮。

时间一分分流过，晚会达到了高潮，妇女们开始忘了脑后的头发，任性地披散着；很明显她们脸上汗水湿漉漉的，甚至娇美的姑娘的脸蛋也不例外——有一阵子她们的男性舞伴脸上臭汗如雨点儿般滴落；裙子开始挣开了皱褶；年长的人站起来向小辈们求饶，他们感觉膝盖开始轻微地颤动，希望无法停止的舞曲像杰里科城①那样突然崩溃；背心的纽扣开始解开（在这类纵情奔放的乡村舞会上），提琴手狂热的拉弓动作使他们的椅子已经从原来的位置挪动了大约两英尺②。

范茜和夏纳先生跳着。迪克明白不管是此舞伴还是彼舞伴，不管和谁跳，出于礼节，范茜都会表现出愉快的样子，可是他不禁暗自思忖，在农场主怀里，她的舞步不必那样轻盈活泼，笑得无须那样频繁。

“恐怕你还没有交换舞伴。”迪克温和地对夏纳先生说道，后者的表链由于刚刚做完一次旋转而激烈地摆动着。

范茜也做了个手势表示赞同迪克的意见，可是她的舞伴却不加理睬，继续跳下一个动作，深情地朝她弯腰。

“那是因为夏纳先生太喜欢她了。”小伙子一边望着他们，一边自言自语。范茜热情地冲夏纳先生笑着，他们又一次舞到了上端，然后又回到了各自的位置。

“夏纳先生，您刚才没换舞伴。”迪克说，他没有别的办法使夏纳就范。迪克自己换了舞伴，对农场主不守规矩的异常行为很生气。

---

① 在遭到以色列人进攻的时候，被包围的巴勒斯坦杰里科城的城墙突然溃塌。这里指年长的舞者筋疲力尽，希望吉格舞曲突然停止，借此他们可以有片刻休息。

② 长度单位，1 英尺＝12 英寸＝30.48 厘米。

“我可能不和任何人换舞伴。”夏纳先生说。

“我认为您应该换，先生。”

迪克的舞伴是一位名叫莉兹的姑娘，简称莉斯，她试图安抚他。

“我也说不上什么，我自己并不怎么在乎换舞伴。”她说。

“我也是，”潘尼夫人紧跟着说，“尤其是当一个朋友又是邻居有意见的时候，我不介意，除非和高手一起跳，跳得很默契。是，的确如此，就这么个说法。”

“我的意思是，”迪克解释说，自己对客人指指点点的做法使他感到很内疚，“在跳舞时，谁也无权改变和破坏编舞的人定的规矩，我敢说，他们为编舞而活着，终其一生不会有其他想法。”

“我讨厌换舞伴，很讨厌，我也并不是为了曾经活着的编舞的人换舞伴。”

此刻的迪克看起来像在做心算，这个心理过程本身需要一番很大的努力，它抽象地向他展示和可怕的情敌之间的争论应该持续到什么地步，而且这个情敌偏偏又是他母亲请来的客人。车户上半身伴随着沉重的跺脚声的出现终止了这个死结，原则上讨厌细枝末节的车户开启了自己的话题。

“我向你们保证，街坊们，”他说，“我热得简直没法说！”他向四周看了一眼，勉强自怜地凝视，想努力表达所言为实的意念。

杜威夫人和另外一人组成了下一对舞者。

“是的，”她以支持丈夫的口气说，“鲁本一直是这么一个好热的人。”

潘尼夫人挤出了一丝微笑，同时做出了悲伤的表情，以此表示了应有的同情。

“礼拜日早晨仅仅在花园里转一圈，衬衣领口就湿软得好像根本没上浆似的。”杜威夫人继续说道，脸上逐渐表现出一副主妇追忆往昔的忧思之情。

“喂，喂，女士们，该牵手了——快，快！”车户说，对话随即就停了。

第八章　狂舞

迪克终于获得了和范茜一起跳最欢乐的乡村舞的机会，这段舞以六人转圈舞①开始。

“开始前，”车户说，“我提议，考虑到太热，我有个好办法，跳舞的所有男人都把上衣脱掉。”

“你竟然出这样的馊主意，鲁本！跳舞的时候你居然要脱衣服。像他这样好热的人真是没救了！”

“嗯，注意，往这儿看，伙计们，”他和妻子争论道，为了称呼简便，他经常把妻子算作男性，合着男人一起叫，“我不明白。跳舞跳得像火一样热，就应该减掉身上的衣服。不管对谁，这难道不是最根本的理儿吗？如果我一人脱了，没必要，算是我粗俗下作；如果大块头们全都脱了，嘿，这可是乡村本色，谁也不能否认吧？嘿——刚才你说什么来着，我的伙计？”

“我们也脱！”准备跳转圈舞的其他三个胖子说道。他们于是脱了上衣挂在走廊处，之后四个受不了热的汉子很快就走了出来，大步走成紧密的一列，衬衣袖口摆来摆去，眼睛齐刷刷流露出一种能跟英格兰或苏格兰任何一个男子或舞者相媲美的神采。迪克担心会给范茜留下不好的印象，和其余的瘦一点儿的人没有脱衣服，夏纳先生出于自己的高见也没有脱。

---

① 一种激情欢快的里尔舞，男女三对形成两队，从前往后来回反复旋转穿梭。

此时又一次狂欢拉开了序幕。时值夜晚，桌椅上布满了厚厚一层尘土，客人们可以在上面写上自己的名字，空气中弥漫着青灰色的尘雾，在蜡烛周围形成了明显的光晕；人们的鼻孔、大褶皱和小细纹中都粘上了尘垢；拉琴的和跳舞的一样红光满面，跳舞的人不断狂野舞动，舞到面色苍白的境界，情感达到最炽烈的地步；拉琴人坐不住了，站起来踢开椅子，疯狂地拉动琴弦，双腿牢牢分开，眼睛闭着，不管这眼前的可视世界。一次又一次，迪克和另一个男子分享着他心爱的人的小手，像车轮样旋转，接着，愈发快乐地独自和她轻松自如地转圈，每一次胳膊愈发紧紧搂住对方的腰，胳膊肘在她身后伸得越来越远，直到几乎看不见的距离；最幸福的是，肩并肩地到处舞动，她的气息像适时吹来的夏天的微风，在他的脖子那儿缭绕。一个接着一个，他们穿过了一对对舞者，来到了最后面。这时迪克心里又生出一个小小的苦恼，担心在他们再次跳到最前面又激动地重新跳回来之前音乐会突然停止。尽管有诸多疑虑，还是跳到了最前面，这时他又有了新的烦恼，怕在这最高潮的时刻琴声会戛然而止。这种忧虑促使他偷偷地给远处的乐师们说了个悄悄话，求他们在他和他的舞伴再一次到达最末端完成一个来回之前，千万不要中断音乐。乐师们忘情地晃动着身子，离得最近的一位乐师在两个十六分音符之间悄悄点了点头，同时说了声“好嘞，唉，唉”，回应了焦虑的小伙子，这过程中乐师一直紧闭双眼。这时迪克把范茜搂得很紧，两人实际上成了一人。屋子对迪克来说就像是梦中的一幅画，舞会后他能回忆的一切是：提琴手快要入睡的样子，为了加快身体的运动和嘴里的哼唱，他们哼唱到了几乎入睡的境界；还有坐在烟囱角落处的詹姆斯姥爷和老西门·克拉普勒的轮廓，他们用哑语交谈、点头，遇到重要的话语就像脱粒机旁的人一样高声强调。

本段舞结束了。“噗——噗——噗——噗！”车户杜威努起嘴十分放松地吹舒着大气，“正常节奏，要的就这个劲儿，伙计们！”他擦了擦额头，去抓桌上的苹果酒杯和麦酒杯。

“哎！”的一声，潘尼夫人跌坐在椅子上，说：“自从当年旧仲夏夜①熬夜预测未婚夫以来，我再没有这样心潮澎湃过。”

“那是很久以前的事了，我听你说过。”车户说，眼睛依然看着正在往里添酒的杯子。此刻，因为正忙着给大伙传递食物和饮料，所以他还顾不上穿衣服，尽管其他胖人都已经重新穿好了。

“那时发生了一件我从来没有想到的事情，如果你们相信我的话，这事是发生了，”潘尼夫人接着说，“啊，仲夏夜我见的第一个幽灵，我可以说，它的出现对我来说是个谜，是个难解之谜！”

“我也会觉得很蹊跷。”伊连斯·斯宾克斯说。

“是的，”潘尼夫人说，眼神回到了过去，她出神地、自我陶醉地、滔滔不绝地讲着，好像只说给自己听，听众倒成了多

---

① 英国古老民俗。仲夏节前夕是人神沟通的时间，当晚午夜时分，姑娘们可看见男性幽灵出现，以此来预测未婚夫。

余的人，“是啊，我从来没遇到过那个仲夏夜发生的那样的事儿！我没睡，坐着，决定看看约翰·韦狄到底娶不娶我。我按巫术书上写的那样布置好面包、奶酪和啤酒，打开门，一直等到十二点的时候，我的神经开始活跃起来，很紧张，只感觉每一根神经都像铃绳一样抽动。是的，确实这样！当钟声响过之后，哎哟，你瞧，我从门口看见巷子里有一个系着鞋匠围裙的小矮人。”

这会儿潘尼先生偷偷地把身体拔高了半英寸。

“嘿，约翰·韦狄，”潘尼夫人继续说，“那段时间正在追我，他是个鞋匠，你们知道，可他个头挺高的，我相信这样一个小矮人跟我没任何相干，任何人都会这么想。可是他走过来，跨过门槛——可惜不是约翰，实际上是和他一模一样的穿着鞋匠围裙的小矮人——”

“你没必要这么一个劲儿地计较矮呀小呀的！”她丈夫说道。

“他走进来，坐下，哦，天哪，我赶快逃到了楼上，吓死我了，魂都丢了！得，长话短说，不久我和约翰·韦狄吵架分手了。哎哟，你瞧，要来的那人来了！潘尼向我求婚，后来还没来得及理清头绪，就稀里糊涂嫁给了他。”

“我想你这辈子都无法弄明白，不过我说的可能不对。”潘尼先生喃喃自语。

潘尼先生说完之后，她的眼神并无异样，还游离在与刚提到的故事有关的往日情景中，这情景对她来说似乎就在屋子的中央，因此无暇理会丈夫的话。

就在说话之时，只见车户和妻子站在不太显眼的角落，相互离得很近，显得有点儿神秘。他们灵犀相通，但看得出这跟他们客人的谈话毫无相干，而很大程度上与他们的饮食有关。夫妻二人最终得出了某种结论，让人敏感的夫妇之间的联盟再次被淡化了，车户大步走过去进入餐具室，哼着一首不大记得的歌，继而又突然唱了几句歌词，对这首歌他还能记得一段或四分之一的歌词。杜威夫人讲了几句关于准备一点儿晚餐的话。

参加聚会的这个团体中喜欢吃喝的年长的那部分人，脸上露出一副似乎埋怨的表情——都到这个时候了，他们竟忘了要做晚饭，按规矩这时刻早该吃晚饭了。偏离礼数，又搞起不相干的事来，对此态度过分平淡，口气过于强硬，都有悖于他们的初衷。年轻的成员们说他们很饿，晚饭虽然晚了，但还是很乐意吃。

吃饭的时候，幸运的天平偏向了迪克一边。他坐在范茜身旁，能长时间用范茜错拿了的杯子喝水，自己的靴底外边缘接触到她裙子的底边，这些都让他激动欣喜。除此之外，令他快乐的还有那只小猫，在没被注意的情况下，它在她怀里卧了几分钟后，悄悄地爬到了他怀里，带着她的手刚刚触摸过的皮毛接触他。另外，还有一些小小的乐趣，他替她夹了她并不想吃的菜，将要放到她盘子里的时候，在她“不想要，不浪费”的请求下，又夹过来自己吃。他还不时偷偷地、甜蜜地窥视她的身姿，注意到这位可爱的女神的头型，喉咙的弯曲处，以及其他艺术特征，而她这时一直和坐在对面的夏纳先生十分随意地聊天，但谈不上过分。迪克心中经过一番艰难的批评和许多回合的争论后，认定这种交谈并没有什么大不了的意义。

“现在有一种新音乐听起来很悦耳。”范茜小姐说，暗示刀叉丁零咣啷的响声和提琴手们奏出的后部分乐曲之间的对比。她说得比较尖锐，村子里新潮人物的身份要求她这样说。

“唉，人过了四十，真不知道什么为甜美音乐，”车户说，“说实话，除非像那边的父亲那样。从来没有人像他那样热爱乐曲，乐曲确实能打动他的灵魂。是不是啊，爹？”

最年长的杜威从他坐的远处的椅子上微笑着对鲁本的话表示赞同。

“说起打动灵魂，”潘尼先生说，“我永远也不会忘记第一次听到《葬礼曲》时的情景。那是在卡斯特桥可怜的考普·纳尔曼①的葬礼上。它使我的头发像一群羊一样四处爬行躁动不安——啊，的确打动了我，天哪！当演奏完毕，最后的号角吹响，在英雄的坟冢上空放枪致敬之后，冰冷的汗珠挂在我的额头，另一滴垂挂在下颚上。啊，这是很庄严肃穆的一幕。”

“嗯，对于那角落里的父亲来说，”车户说，指着正在往嘴里塞东西的老威廉，“现在为了音乐他宁可饿死，就像他还是个十五岁的少年一样。”

---

① 1851年在多切斯特，少年哈代可能听了司各特·格雷乐队在一个士兵的葬礼上演奏《葬礼曲》。

“嘿，果真如此，”迈克·麦尔说，用那种想要令人信服的方式清了清嗓子，“音乐和吃饭之间存在某种友好关系。”他把酒杯举到嘴边，往后一仰顺势一饮而尽，其间他的姿势逐渐从垂直变成了倾斜，他的目光从他对面的墙壁到头顶的天花板正好形成了一个环形线路。然后他又清了清嗓子说：“有一次我坐在卡斯特桥三水手客栈的小厨房吃点儿饭，街上铜管乐队正在演出。如此精彩的乐队！当时我在吃油炸杂碎，我记得很清楚——啊，是吃杂碎！为了保住性命①，我不由得和着音乐的节奏嚼了起来。乐队八六拍，我也八六拍，情不自禁；乐队四四拍，我嚼杂碎的节奏也是四四拍，和音乐节奏保持高度一致。多么动听啊！啊，我永远也忘不了那支乐队！”

“那是我曾听过的最好听的事儿。”詹姆斯姥爷说，心不在焉地看着，这种看伴随着深刻的批判。

“我可不喜欢迈克讲的那种动听的故事，”杜威夫人说，“它们对于品味高尚的人来说十分粗俗。”

老迈克的嘴四处抽动着好像想笑，又不知从何笑起，逐渐定型为一种表情，意思是说，像车户老婆这样的精干女人指责他并不让人扫兴。

“好了，现在，”鲁本以权威的口气郑重其事地说，“我想我们值得推荐安反感的那种有点儿粗俗的故事，因为这往往能证明一个故事是真实的。同样的道理，我喜欢不正经的故事。

---

① 夸张的表达法，意为极其喜欢，喜欢得要死。

伙计们，凡是真实的故事都有点儿粗俗或不道德之处，情况就是这样。如果讲故事的人能从真故事中得到体面和美德的话，谁还会不嫌麻烦地编出寓言来呢?”说着，车户起身去取新供应的各类酒水，有苹果酒、麦酒、蜂蜜酒，还有家酿的葡萄酒。

杜威夫人叹了口气，然后又追加了一句（似是而非地，在她丈夫的背后，尽管双方都明白那些话会清楚地传到他的耳朵里）：“像杜威这样的人！确实没有人知道我好歹让他受人尊敬的难处。你们刚才也听见了——就刚才吃晚饭那会儿——像庄稼汉那样和迈克聊‘土蛋儿’。哎呀，我可生来没受过这样的教导！就我娘家来说至少也是‘土蛋’，常说标准的‘土豆儿’①。我妈对我们女孩子很慈爱，但管教很严，在规矩礼节上全教区哪一家都赶不上我们。”

聚会该散了。那晚范茜不能留宿，因为她约好一位女子等她。她暂时离开了那些很疲倦的舞者，穿戴整齐后走下楼梯。此时的她和刚才跳舞时的那个人截然不同，俨然是另一个人。事实上（使迪克伤心和失望的是），现在的她是个矜持、性情沉稳的人，丝毫找不到十几分钟前欢笑嬉闹的那个女子的影子，那时即使迪克把手牢牢地压在她腰上，犹如在槲寄生老林中猎艳，她也毫不介意，也不躲闪。

“真是判若两人哪！”小伙子心想，他一时成了一个资深老

① 原文分别为“taties”“taters”和“pertatoes”，杜威夫人所谓的标准叫法其实也并不标准。

道的、愤世嫉俗的人，“跳舞的时候和其他时候姑娘的行为存在着天壤之别啊！多么具有欺骗性啊！瞧这可爱的范茜！通宵能碰、能挤——甚至能吻！好长时间我把她搂得很紧，一张纸都穿不过去，我可以感觉到对面她的心跳，她的生命也紧挨着我的生命在跳动，我能感觉到她生命的每一次呼吸。等到她欢快地跑上楼梯，披上斗篷，戴上帽子的时候，你再不敢接触她——”他思绪中断，又回到了现实。

可是与接下来的相比，这种痛苦还能忍受。通常和漂亮姑娘同路回家的热情的单身汉总会利用机会护送姑娘，夏纳先生就抓住了这个突如其来的机会。他带着他那耀眼的表链冲上前来，向范茜保证——毫不理会此时迪克的感受，当然口气很友好——他（夏纳）绝不是把娇娘安全送到家门口之前自己先睡觉的那种人，他不是那种人，没有人会说他是那种人，在没完成使命之前，他会寸步不离——万一他那样就淹死他。正如迪克不祥的判断一样，戴小姐热情地接受了这个建议。如果不是别有用心的话，这种热情有点儿超出了仅出于晚上需要保护而应有的热情，或者总归还是有点儿过分，难以让人接受。

一切都结束了。迪克审视着她不久前刚坐过的椅子，现在看起来像一个摘掉了宝石的底座。上面放着她用过的杯子，杯子底部还残留着她在车户硬劝下（当时他的手像纳斯密斯蒸汽锤①一样放在她肩上）使劲喝还是没能喝完的一勺富有情调的

① 1839年由詹姆斯·纳斯密斯（1808—1890）发明的一种蒸汽锤，用来锻造蒸汽船上的桨轮。

老酒，但人去楼空，饮酒人不在了。她的盘子里剩了九块或十块漂亮精致的面包渣，但物是人非，看不见吃面包的人了。

迪克自己和家里其他成员之间的关系似乎很紧密，但意见并不一致，因为现在只剩下他们要相互面对。他父亲看起来和客人们在的时候一样兴致高涨，这似乎让人多少有些不舒服；詹姆斯姥爷（还没走）因大伙儿都走了而喜出望外，他这种巴不得人走开的想法很令人不快。

“说实在的，”车户平静地说，并无牢骚之意，“整个晚上我几乎没时间照顾自己，现在我想安安静静地好好吃点儿东西！这一片火腿，不太肥也不太瘦，刚好；再来点儿醋和腌菜——嗯，就这么着——我又能像百灵一样鲜活！说实在的，伙计，整晚我体内像石灰篮子一样干。”

“我想每隔一段时间就该好好来一次聚会，”杜威夫人说，她不再装腔作势，放弃了整个晚上一直操着的装出来的腔调，重新回到了婚姻生活中的平常嗓音，“可是，主啊，明天这一大堆活儿可咋办哪！这些脏盘子、刀叉、尘土还有乱七八糟的咋收拾啊，家具还被踢坏了好几处，真不知道这一切究竟图个啥，谁还希望过这样的圣诞节啊……啊——啊，天哪！”她打了一个哈欠，直到角落里的钟滴滴答答响了好几下。她的目光扫视了一番，最终投向那些挪了位的、布满尘土的家具，看着这一幕，她慢慢瘫软在地上。

“嗯，我慢慢地精神了，为此感谢主啊！”车户吃着一大块撕烂了的火腿和面包高兴地说道，眼睛丝毫没有离开他的盘子，用刀叉割着好像在砍树，“安，你现在就去睡觉，不要拉个瞌睡脸在这儿耗，你的脸像小提琴一样长，绝不骗你，安。瞧，你一定累垮了，真的。我去闩门，把钟上好。你去睡，要不明天你的脸会像纸一样惨白。”

“唉，真不知道会咋样。”那女人用手揉了揉眼睛，擦去了浓浓的睡意，然后上楼去了。

迪克纳闷人们结婚以后为什么那么无视浪漫，他十分确定，假如他能娶娇媚的似乎有些不可能的范茜为妻的话，他们绝不会像他父母那样实际得可怕，又缺乏激情的表白。最令人吃惊的是，他认识的所有父母都和他父母一样缺乏爱的表露。

第九章　迪克走访学校

新年的头几天，范茜在家度过了一周的假期后重新回到了梅尔斯托克。

范茜回来后的那一周，迪克闲暇时走在街坊巷道，不放过碰巧路过教室的每一分钟，时刻留心期盼着能见到她，可是她一次也没有出现。舞会后的那天，他母亲在打扫屋子的时候幸好捡到了她的手绢。他想办法把手绢弄到手，希望她回来以后，他在学校附近的时候随时可以交给她。他可以直接送过去，可他一直往后推，担心如果她对他无丝毫兴趣的话，这会被看作略微荒唐之举，理由可以猜得出来；她对这种可笑的行为很敏感，在她看来，这会极大地伤害他的尊严；她对他的看法对现在的他来说就是整个世界，甚至除了她的爱情问题。

二十一岁青春的爱再也按捺不住了。一个礼拜六，他怀着淡漠的心情走近了学校，看见了他寻找的目标，心里美滋滋的。她在花园的另一头，手上戴着手套，拿铁锹用力挖一株擅自在那里生根的黑莓。

迪克感觉对面村舍的窗户在用怀疑的眼光监视着他，他一时心虚地伪装了自己的感情，尽量使自己看起来像一个有急事、想尽快还了手绢了却这种鸡毛蒜皮的小事的人。

这番努力一看就知道是徒劳，因为靠近大门的时候，他发现门锁着，这是为了防止前面玩追逐游戏的孩子们跑进她的私人场地。

她没看见他。他心想只有大声喊她的名字了。

“戴小姐！”

这几个字喊得有些急促结巴，听起来好像在暗示对面的村舍他只是为了好玩才叫，跟花园里的人并没有关系。叫名字的声音消失了，但戴小姐依旧和原来一样一个劲儿地又挖又拽。

他在农舍窗口逗留片刻，振作起精神，态度更加坚定，然后又大声喊了一声。范茜还是没反应。

他第三次激情十足地喊了一声，紧接着突然向四处张望，稍稍向后退了几步，好像此行他并不是为了自己的乐趣而来的。

这次她终于听到了。她走过花园，来到了学校的后面。脚步声从学校里面发出回响，门开了，青春妙龄的女教师四分之三的面庞和身体出现在他面前，而身体左侧的一片被门边挡着。范茜打量一番后认出了他，然后来到了大门口。

一见他，她脸颊上的红晕扩大了，缩小了，还是保持了原样？这是这位来访者事后几个小时内数百次苦思冥想的问题。这种思索错综复杂，总是有一种结果，说不清道不明。

“你的手绢，戴小姐，我带来了。”他拿出手绢结结巴巴很笨拙地说，“妈妈发现的，在椅子下面。”

“哦，非常感谢你能拿过来，杜威先生。我想不起丢到哪儿了。”

此刻的迪克，因为尚无恋爱经验——的确，之前从未有过谈情说爱，小学的时候除外——无法把握时机，只好慌慌张张地道别，之后多少回为此而痛苦，整夜不能入眠：——

“再见，戴小姐。”

“再见，杜威先生。”

门关了，她走了。迪克还在外面站着，那茫然的样子跟拜访之前没什么两样。当然不能责怪天使——一座房子里独处的年轻姑娘在关系不太熟的时候是不会请他进屋的——在不知所措的致命的道别前，他应该想办法把她留在外面才是。他真后悔在拜访前没有更全面地认识拜访的乐趣。之后他转身离开了。

第二部　春

第一章　路经学校

故事接下来是这样的。随着春天的渐近，迪克比原先外出活动更频繁了。他逐渐发现，往返家最近的路线都要经过那条围绕学校花园的路。功夫不负有心人，他的执着换来了第一个收获。当他第十九次在那条路转弯的时候看见了范茜小姐的身影，她身穿暗灰色衣服，从高处一扇敞开的窗户看着他的帽顶。迪克把这次偶遇时亲切的问候视作极其珍贵的玉液仙丹，之后他路过的次数更多了。他在不曾有路的篱笆下几乎走出了一条小径，此时他的辛劳得到了回报，在门前宽敞的大路上，他真真切切面对面遇见了范茜。这之后一次又一次接连不断地碰到她，范茜用她自己的方式隐约表现出了见到他的某种愉悦。但是尽管迪克长时间琢磨她做的每一个细节动作，他也无法判断她的这种愉悦是她超凡的女性娇美激起的那种欣喜，还是只有他在乎的那种真实感受。

第二章　唱诗班会面

这是一个春光明媚的傍晚。西沉的太阳散发出琥珀色的朦胧的光芒，垂在四周的云团像一堆堆凌乱的头发一样遮住了它的轮廓。

梅尔斯托克教区唱诗班的主要成员在位于村子里地势较低处的潘尼先生的作坊前站成一小团。他们各个被太阳照得周身通亮，每个人的身后都拖着一个像尖塔一样长长的影子。低沉的阳光使他们的帽檐变成了眼睛的保护物，其实这时帽子根本派不上什么用场。

潘尼先生家是教区那一块地方的最后一座房子，位于路边低洼地段，因此，车轮和马腿与店铺橱窗的窗棂一样高。橱窗低矮而宽敞，从早到晚一直开着，潘尼先生本人经常在里面干活，像某位现代莫罗尼①笔下的一幅镶了框架的鞋匠肖像画。他面朝马路坐着，膝盖上有一只靴子，手拿锥子，仅在伸开双臂弯腰扯线的时候才抬一会儿头，这时他的眼镜在过路人的脸上闪出平淡的白光，然后又照常返回到靴子上。一排排鞋楦，大小不一，拙巧各异，形形色色，布满墙壁，构成了背景。阴影尽头坐着一个傀儡样的学徒，他的头发用一条带子扎起来(可能为了不让头发盖住眼睛)。听到从外面飘进来的话语他会

① 莫罗尼是文艺复兴时期意大利著名肖像画家，其代表作为《裁缝》，描绘了一个工作中的裁缝。

微笑，但潘尼先生在场的时候，从来不曾发现他做过什么答复。窗外通常悬挂着做惠林顿靴子①用的上等皮，用楔子钉在木板上好像要晾干。门上方没有任何招牌。实际上，像资深的银行和商家一样，各种类型的广告都会为人所不齿，为了让陌生人知晓而宣扬商店名气的做法被视为有损尊严之举，名店的生意靠的是个人声望基础上建立起的相互关系。

现在他的客人来了，就站在窗外，有时靠着窗棂，有时在窗前来回走上几步。他们有意用手势和潘尼先生交流，他像一个国王一样坐在里面的阴影处。

“我真希望我们这些同一战壕里的人能相互支持，团结一心——不管咋说，礼拜日我们是志同道合的——我确实这么想。”

“教堂这事看起来就像是那些不明职责、不谙事理的人所为，我就想这么说。”

“我相信不怪那个人，而应该怪她——她才是罪魁祸首！”

“对，根本不怪他。他是个可怜的大傻瓜。瞧瞧他昨天的布道。”

“他的布道够好了，很好，意思能猜出来，只是没有把它转成话说出来。这正是他布道的问题所在：他没能把它从笔头转化过来。”

“嗯——唉，布道或许应该不错。因为，说真的，老传道

① 惠林顿公爵发明的一种齐膝的皮靴，19 世纪 40 年代时还很时兴。

者本人的布道在说出来之前也在他的墨水瓶里。”

潘尼先生正在扯紧最后一针，所以有功夫抬头并且就这一点插上一句。

“我相信他不是能说会道的人，应该这么说。”

“这家伙有时说话竟搅不清楚，别说能说会道了。”斯宾克斯说道。

“好了，我们不扯这个了，”车户回答道，“我相信这对于我们这儿的可怜人来说，就是他布道的好坏，也丝毫没有什么两样，伙计们。”

潘尼先生用锥子又戳了一个眼儿，穿上线，再次张开双臂，抬头说话。

“这是他的秉性，天哪，本来就这样。”他拧了一下身子，赫拉克勒斯①般铆足了劲儿又补拽了一下，继续说道，“他来这儿干的第一件事就是对教会事务指手画脚、横加干涉，态度还十分强硬。”

“对，”斯宾克斯说，“那就是他干的第一件事。”

此时大伙想听取潘尼先生的意见，他接受了，不再缝了，像吞药丸一样深深地吞下一大口气，接着说：

“接下来他要考虑改革教会，直到发现这事儿很费事儿，得付出代价，然后就不了了之了。”

“没错，这就是他接下来要做的。”

---

① 赫拉克勒斯为希腊神话中的大力神，宙斯和阿尔克墨涅之子。

“然后他会告诉小孩子们在礼拜仪式上无论如何也不允许戴着帽子站在洗礼盆里。”

“对。”

“然后就是这个了那个了地指指点点，现在该——”

话说得不够有力没能说完，潘尼先生狠狠地拽了一下线绳以示结尾。

“现在该把我们从唱诗班彻底撵出去了。”车户停了半分钟后才说道。因为大家都很明了，所以他并没用解释停顿和拽线的方式来表达，而是用这种手段，想在会面前保留好这个话题。

讨论到这个节骨眼儿上，潘尼夫人来到了门口。像所有的贤妻良母一样，在和平年代，她不管怎样和丈夫对着干，他们的立场哪怕怎样背道而驰，犹如托利党和辉格党那样，在战争年代，她却死心塌地地和丈夫站在一起结成盟友。

“必须承认他根本不行，”她对她从屋里听到的只言片语做总结性的回复，“远不如可怜的格林汉姆先生（那位已故牧师）。”

“唉，这事还有必要说说他，你就放心好了，他绝不会偷偷摸摸地来看你，就在你忙着干活的当中，用鸡毛蒜皮的小事给你找麻烦，让你干不成活。”

“他从来不会。可是说起这位新来的梅伯先生，在这方面，他或许是个善意的人，就是让人受不了。什么你的擦余烬、刷地板、倒泔水，咳，根本就没法做。相信我，我已经好几天没倒泔水了，除非泼到烟囱上或倒出窗外。当你洗马桶的时候，你肯定会在门口遇见他来向你问好，当你在干这等烂事的时候偏偏碰见个绅士，这多让人难堪呀。”

“这只是因为缺乏更好的了解的缘故，可怜的先生，”车户说，“他够善意的。唉，牧师大人的到来是命定的：像抛半便士铜币游戏一样，不是正面就是反面，没有选择的余地。因此他这样我们得接受他，我的伙计们，感谢上帝他人还不坏，我想。”

“我想我曾见他远远瞅着戴小姐，那热情劲儿超出了基督教的宗教需求，”潘尼夫人美滋滋地说，“其实我并不太想说这事儿。”

“哦，不，这中间不会有事儿的。”威廉爷爷说道。

“如果没事儿，那我们就当没事儿。”潘尼夫人回答道，听口气虽然像是赞同，但心里还是保留了自己的想法。

“啊，格林汉姆先生那人真爽快！”鲍曼说，“嘿，他一年到头都不来麻烦我们。你哪儿都可以去，什么事都可以干，绝对见不到他。”

“是啊，他是个很明智的牧师，”迈克说，“他一生从不踏进我们的门，有一回除外，那是来叮嘱我那可怜的老婆——唉，可怜的人儿，死了，不在了，我们大伙都会的！——她年纪那么大了，住得离教堂又那么远，希望她以后再不要来参加礼拜了。”

“而且在选择礼拜日赞美诗和圣歌的时候，他还表现出了极高的绅士风度。‘真讨厌，’他说，‘吱吱呀呀你们想拉什么曲子自己定，可别来打搅我！’”

“他还是个非常受人尊敬的人。他不要我们任何一个人来听他布道，假如我们大家连续游玩或行乐的话；或者不要带婴儿到教堂受洗，假如他们动辄哭闹的话。一个人不给教区添不必要的麻烦也是一种美德。”

“可这个人从不让我们消停，一再要求什么善良正直，把这一套弄得也太高调了，真是空前绝后！”

“他一到这儿就发现洗礼盆装不了水。多少年来一直就这样。当我告诉他格林汉姆先生从不介意，常常往指头吐口吐沫照样给人们施洗礼的时候，人家说，‘天哪！赶快叫人来修。我来的这是什么地方呀！’这绝不是在恭维我们，听听吧。”

“再者，依我看，”老威廉说，“虽然他来了跟我们闹别扭，我还是喜欢这位新牧师诚心诚意、敢说敢做的风格。”

“你准备为唱诗班豁命，”鲍曼责备道，“却又支持唱诗班的敌人，威廉！”

“对于我们教堂工作的损失，谁也不会有我那样深的感触，”老人家坚定地说道，“这个你们都知道。打十一岁起，我从小到老就一直在唱诗班。可我不能因为这一切就把这个人叫作坏人，因为我真诚地相信他是个好小伙子。”

威廉说这些话的时候，曾经在他身上驻足过的青春的火花在他的眼中萌动，同时落日的余晖赋予他某种高贵的品质。夕阳给他投射出的巨大的影子至少有三十英尺长，影子向东伸展，轮廓明显放大了，头部最终映射在一棵高大的老橡树的树干上。

“梅伯是很有诚意的人，”车户回答道，“无论你肮脏还是干净，他都会和你说话。我第一次在一条羊肠小道上碰到了他，尽管他几乎不认识我，他还是主动跟我打招呼。‘你好吗？’他说，是的他说，他点了点头，‘天气真好。’第二次在镇大街上碰到了他，当时我的马裤在抄近路回家穿过一片荆棘树丛时被撕开了一条长缝。我不想就这个样子打招呼而辱没了人家，于是两眼盯着风向标，装作不认识，好让他像个陌生人一样打我身边经过。可结果却出乎意料：‘你好吗，鲁本？’他诚心诚意地打招呼，并且还握住了我的手。即使我当时从头到脚穿金戴银，浑身珠光宝气，人家的殷勤程度也不过如此，人家不是那种势利眼。”

正在这时，只见迪克沿着村里的街道走过来，大伙儿回头看着他。

第三章　讨论中的转机

“我担心迪克丢了魂了。”车户说。

“什么？——不！”麦尔说道。那样子是说，与其听错了造成判断失误，倒不如说一些根本不曾说过的话，这是他的一贯做法。

“唉，”车户说，眼睛仍然盯着魂不守舍地往前走的迪克，“我打心眼儿里讨厌我所见到的！什么也不见却一个劲儿地往窗外看；靴子擦得太亮；在拐角的地方老探头探脑；不停地看钟；没完没了地讲她做的聪明事让你听得烦；然后提醒一下，便又因她而沉默得可怕。我一生中也走过一次这样的路，有过这样的经历，懂得其中的奥妙，街坊们。迪克是个丢了魂的人！”这时下沉的一轮新月碰巧引起了车户的注意，他稍稍转身冲着月亮微微一笑，那微笑中带有痛苦的嘲讽。

听了这个公开的消息，其他人都有点儿过于严肃而不知道说什么好，他们仍然惦记着远处的迪克。

“这都怪他母亲，”车户继续说，“邀请那个年轻姑娘参加我们去年举办的圣诞聚会。我见了那姑娘蓝色的外衣和轻巧的靴子就立马有种预感。‘上帝保佑你，我儿迪克，’我自言自语，‘你定会受到诱惑！’”

“我想，上礼拜日他们看样子还相当疏远吧？”麦尔试探着说，好像他不是这个家庭的一员。

“唉，这就是这种病的一种典型症状。疏远归它，狡猾归它，世上最怪异的东西还归它！咳，据我所知，它迟早会来。早来早结束，因为它必定要来。”

“我的问题是，”斯宾克斯先生说，他把两个话题联系在一起，像一位精于修辞的人，同时用手拍打，那样子表明他讲话的方式比内容更应受到关注，“梅伯先生怎么知道她会弹风琴的？大家知道，我们听她亲口说过，她从来没有——压根就没有向他透露过这事，更别提她想在教堂演奏的事了。”

就在大伙为此疑惑的时候，迪克也加入到了这群人中，有人把那个在这些老乐师中间引起极大震动的消息告诉了他。“嗯，”他说，提起戴小姐便臊红了脸，“我听她说过，她特别不愿意去演奏，因为她是我们的朋友。怎么有变故了？这我可不清楚。”

“听着，这是我的想法，”车户说道，新思想的注入再次激发了人们的讨论热情，这是他的习惯——“这是我的想法，如果不喜欢也无妨。我们大家相互很熟悉，是不是，街坊们?”

尽管人们之间很熟悉，“大家相互很熟悉”仍被当作开篇引论不可省略的开场白。

“现在我就来说一下，”——车户在斯宾克斯先生的肩膀上重重地拍了一下以示强调，这一下足有好几磅的力量，对此斯宾克斯先生尽量表现得毫不吃惊——“我说，明晚六点钟我们大家一起排成队直接去找梅伯牧师。在那儿，我们每个人都站在走廊里，然后选其中一两个人进去和他交涉。男人与男人之间很爽快地沟通，说，‘梅伯牧师，每个工匠在他的工作间里都想用自己的手段①，梅尔斯托克教堂是您的。别把我们彻底赶出去，让我们演到圣诞节吧，到时候我们会给那姑娘让路，再不会啰唆，梅伯先生。见了您梅伯先生我们会很乐意为您脱帽，和以前一模一样。’听起来很不错吧？嘿？”

“太棒了，确实太棒啦，鲁本·杜威。”

“我们不在他家坐。我们的关系算是凑合，坐了显得有点儿太熟了吧？”

“根本就不需要落座。干净利索地办完我们的事，然后转身大步走出来，这样他反而会更加重视我们。”

“我寻思着里福最好不要和我们一块儿去，”迈克说，回头看着里福，眼睛从上到下打量了他一番，“他太傻了，会坏了我们的大事。”

“你不太想去，是吗，托马斯·里福？”威廉说道。

“嘿——嘿！是的，我不想去。就那么一丁点儿想去！”

“我真担心，里福，你连削尖桅杆得砍几下都不知道。”迈克说。

“我一直都没头没脑，一直这样！情况就这样，嘿——嘿！”

大伙都赞同这个回答，丝毫没有因为里福公开坦白而轻视他的意思。大家公认里福根本不在乎自己傻，他这缺陷在教区

---

① 自己的领域自己说了算。

历史上并不是什么能提起人兴趣的事。

“可我能唱最高音啊!”托马斯·里福继续说，他很高兴被人这样友好地称作傻子，“我最高音唱得和姑娘还有婆娘一样好，甚至比她们还要好！如果吉姆活着的话，我就该有个聪明的兄弟！明天是可怜的吉姆的生日。如果他能活到明天，他就已经二十六了。”

“你好像老为吉姆难过。”老威廉打趣说。

“啊！是的。如果他能活着跟我妈在一起就好了！如果他一直健康地活着的话，她这么大年纪就没必要干活了，可怜的吉姆唉!”

“他几岁死的?”

“四小时零二十分，可怜的吉姆。他可能是晚上出生的，没熬到第二天早上。是的，没熬到。就在他要是活着该受洗的那天，我妈给他取名叫吉姆，她现在还老是想着他。你瞧他那么小就死了。”

“哎呀，真小。”迈克说。

“我突然想起那女人对孩子的事很动感情吧?”车户说着，眼睛扫视了一下听众。

“啊，应该是，”里福说，“她接二连三生了十二个，除了我都早早死了，其他的要么死在娘胎了，要么一生下就死了。”

“这家伙也怪可怜的。我想你是不是想跟着我们去?”车户喃喃自语。

“好啦，里福，你还是跟我们来吧，你家也忒不幸了。”老威廉十分伤感地说道。

“以前可从没见过这么不幸的家庭。”鲁本说。

“哎呀，里福他妈，那可怜的女人！每天早晨我见她像窗台上生病的盆花一样，两眼发呆地透过窗玻璃在张望。里福能唱非常高的高音，没有他，高音G真不知该咋整，让他跟着我们就算是个犒劳吧，可怜的家伙。”

“哎，我想让他跟着我们吧。”潘尼先生说。他抬了一下头，那会儿正赶上他拽线。

“好啦，”车户继续说，声音中的一种新口气打散了有关里福的题外话，“要去见牧师的话，我们中间的一个人需要和他会面，问清楚他的意思，这事儿还是要弄好。不过我们唱诗班作为一个整体对付他的话，效果想必会更好点儿。然后有一点很重要，一定要记住：我们任何人都不准紧张。因此，出发前大家都上我家吃点儿腊肉；每人灌上一品脱①苹果酒；再加上一些蜂蜜酒和一点儿姜粉；每人只需一顶针那么点儿——刚好一丁点儿，记住，不要多，来打败他内心的那个人儿②——大步去找梅伯牧师。嘿，伙计们，一个人只有吃上点儿，喝上点儿，给自己鼓鼓劲儿，才不拘束，不胆怯吧？我们不哆嗦，不害羞，脸上看上去应该像个绅士才是。”

麦尔从一番沉思中回过神来，目光朝下看着地面，对这一整套行动及时表示诚心赞同。之后本次会面便告一段落。

---

① 容积单位，1品脱＝5.6826分升。

② 内心的胆怯和不自信。

第四章　会见牧师

第二天六点钟，唱诗班全体成员一个个从车户家门口出现了，他们迈着坚定的步伐沿着小巷向前走去。走着走着，逐渐丧失了那种雄赳赳气昂昂的豪迈气势，等爬到牧师宅邸后面那座小山的时候，可以察觉到，受人尊敬的这帮人已经涣散得像羊群一样。但是车户一声口令使他们重新振作了起来，下山的时候，从牧师宅邸的花园可以清楚地听到“唰，唰，唰”的有规律的统一的脚步声。在开门的时候又出现了一阵子乱糟糟的沙沙的脚步声，这是这个门特有的毛病引起的。门被迅速推开后先撞到了旁边的墙上，然后反弹过来“砰”地一声扇在开门人的脸上。

“现在步伐再次保持一致，好吗?”车户要求道，“这样看起来好些了。是因为高档次的差事，我们才来这里的。”接着他们向门走去。

鲁本敲门的时候，这群人里比较谦虚的人主动往一边站了一下，整理了他们的帽子，神情严肃地望着碰巧出现在视线中的灌木丛，力争给恰好往窗外看的人留下这样一个印象——不管他们的请求会怎样，这只是他们在审视牧师的灌木丛和草坪的时候很随意的想法，而不是事先决定好的。车户常到牧师府上送行李、煤、柴等东西，因此，对其周围环境比较熟悉，并无其他大部分人内心所有的那种敬畏，在等候的空当，他两眼坚定地盯着门环。那门环倒也没有什么值得注意的特征，他不再看它，转而看其中一块门板上的一个节子，仔细端详缠绕在它四周的纹线。

“哦，先生，不得了了，车户杜威，还有老威廉·杜威，还有小理查德·杜威，哦，还有所有唱诗班的人，先生，除了男孩子们，都来找您了！”梅伯先生的女仆对梅伯先生说，她的眼睛瞳孔像池塘涟漪一样放大了。

“整个唱诗班？”惊讶的牧师说（他可简短地描写为一个相貌英俊的青年，长着勇敢的眼睛、胆小的嘴巴和中等的鼻子）。他放弃了手上写的东西，说完话看着他的女仆，一脸迷惑，好像不认识这个人，觉得曾经见过她这张脸，但又想不起在哪儿见过。

“他们看起来很坚定，车户杜威既不右转，也不左转①，直愣愣地盯着，神情很严肃，看来已拿定了主意！”

“哦，整个唱诗班？”牧师自言自语地重复着，试图用那最简单的办法快速想出唱诗班此行的目的。

“是的，他们个个都有，我敢肯定！”（这女仆的举止很有当地特点，实际上就是同一个村里长大的。）“真的，先生，城里乡下的许多人都认为——”

“城里乡下！——天哪，我竟不知道我是这等公众人物！”牧师说道，他的脸出现了介于玫瑰和牡丹之间的一种颜色，

---

① 《圣经》成语，意为意志坚定，目的明确。

“哎呀，‘城里乡下大家都认为——’”

“认为你应该受到严厉批评！——请原谅我的无知，先生。”

牧师突然回忆起了很久以前鼓励女仆简发表个人意见的事，认定这绝对是个错误。女仆简从牧师的脸上看出他回忆起了这件事，她把额头从门边上移开，揉去了门边挤压留下的凹痕，出了门进了走廊，这时梅伯先生正好吩咐她，“把他们领进来，简。”

几分钟后就听见走廊里传来拖着脚走路和推推搡搡的声音(变成了与曳足和推挤本质上相和谐的很优雅的声音)；接着是一阵比平时延长了时间的踏实的擦鞋声，传达了得去除泥巴的意思；但是路面很干净，靴子上无一粒灰尘（年长者的新上了油，迪克的打磨得油光发亮），因此这次擦鞋只当是表达一种观点——体面人不会因为路面干净就趁机免去应有的仪式。之后从同一个地方传来了一个很强势的耳语声：——

“现在站在那儿别动，伙计们，大家都有！别吵闹，背贴着墙，如果人们想进进出出，比较方便，不至于挤着你们。我们两个进去就够了。”这声音是车户的。

“要是我也能进去看看该多好啊！”一个尖细的声音说道——那是里福的声音。

“只可惜里福太傻了，要不他也可以。”另一个声音说道。

“我一生从来没见过唱诗班进书房谈判拉琴和唱歌的事，”里福恳求道，“我就想看一回！”

“那好，就让他进来吧，”车户说，“你可得乖乖的，里福——要识相点，别胡闹。好啦，我的孩子，来吧。”于是车户本人、老威廉还有里福出现在屋里。

“我们擅自来找您，先生，”鲁本说，他左手提着帽子，右手抓着想象中的头上的帽檐，“我们来找您，先生，男人之间的事。但愿没有冒犯您吧？”

“哪里话。”梅伯先生说。

“我旁边的这位老汉是我父亲，名叫威廉·杜威，先生。”

“是啊，我知道。”牧师说着向旁边的老威廉点了点头，威廉微笑着。

“我原以为离了低音琴您可能不认识他呢，”车户表示歉意，“您瞧，礼拜日他总是穿着最好看的衣服，带着低音琴，这对一个老人来说还是很特殊的。”

“那个小伙子是谁？”牧师问道。

“告诉牧师你的名字。”车户吩咐，一边回头看双肘贴着书柜站着的里福。

“你好，我叫托马斯·里福，牧师大人！”里福颤抖着回答道。

“希望您别介意他这个瘦模样，”车户继续一边轻蔑地说，一边回头看着牧师，“这不怪他，可怜的家伙。他天生很愚钝，身体也没能胖起来，但他是块唱最高音的好料，就这样我们一直留着他。”

“我一直都没头没脑，先生。”里福说，急忙趁机为自己开脱，并渴望牧师原谅他的冒昧随行。

“啊，可怜的小伙子！”梅伯先生感叹道。

“上帝保佑，他一点儿也不在乎，如果您不介意的话，先生，”车户很有把握地说，“你会吗，里福？”

“不会，我——一点儿也不——嘿，嘿！恐怕这让牧师大人不高兴，先生，完啦。”

车户发现里福在说起缺点时表现得很不错，于是又想慷慨地说说他的优点来褒奖他一番，从而进一步夸夸他。“对于一个傻子来说他算是很聪明的，您可能会相信，先生。您没见过衣服这么干净的小伙子吧，还很诚实。他那可怕的长相对他完全不利，可怜的家伙，但对于自己的长相我们谁也没辙，您知道，先生。”

“确实如此，谁也没办法。我想你跟你妈妈一起住吧，里福？”车户看着里福，脸上的表情似乎在说，此刻最友好的帮腔也无能为力，只有靠他自己说了。

“是的，先生。她是个寡妇，先生。啊，吉姆兄弟活着的话，她就会有个聪明的儿子养她，她可以不用干活！”

“的确如此！可怜的女人。给她这半克朗的硬币吧。我打算去看看你妈妈。”

“说‘谢谢，先生’。”车户命令式地给里福说了个悄悄话。

“谢谢，先生。”里福说道。

“没事儿，坐下吧，里福。”梅伯先生说。

“是——是的，先生！”

这段意想不到的关于里福的插曲之后，车户清了清嗓子，端正了身子，开始正式讲话了。

“梅伯先生，”他说，“我希望您能原谅我的直率，我一直喜欢当面论事。”

为了保证牧师注意到这句话，鲁本在说到最后的时候紧盯了一眼牧师，然后往窗外望去。梅伯先生和老威廉向同一个方向看着，好像他们都认为在那儿能看得见事情的真相。

“我曾一直考虑的是，”——车户用过去时暗示他几乎没有像已经认定了的那样表现出对人的不尊重——“给唱诗班一点儿时间，到圣诞节的时候再取消，这是作为男人之间公平的事。再者，梅伯先生，希望您原谅我的直率吧！”

“会的，会的，到圣诞节。”牧师喃喃自语，那两个字的音拖得很长，好像到圣诞节的距离就该那样测量，“嗯，我希望你们大家理解，我觉得这不能怪我本人，我也不想强行改变教堂音乐，或者以伤害教民情感的方式。我最后之所以明确表态，是因为有位执事带来了一位演奏者——可以说是给我施加压力——好几次让我考虑。我带过来的风琴也在这儿闲置着，”（指着放在书房里的一架风琴）“没有理由再往后推了。”

“那么看来我们搞错了，先生？不过我们得知那位姑娘并不特别想演奏。”车户脸上做出根本不想打听别人隐私的样子。

“不，她也不愿意。我也不太想让她演奏，因为你们演奏得很好。可是，正如我说了的，有位执事迫不及待地想换一下，这样，事情到这个份儿上，我也不能一直不同意。”

此时不知何故，牧师似乎意识到他说话有些搪塞。作为一个诚实的牧师，这是他坚决不能做的。他纠正了自己的说法，在这过程中脸变得通红，尽管这其中的原因鲁本无从知晓。

“请正确理解我的意思，”他说，“那位执事向我提议，但是我自己想要——戴小姐演奏的。”

“推荐她的是哪位执事，先生？——原谅我的直率。”车户说道。他说话的口气明确表示，别说是好事打听，他甚至连一个问题都不想问。

“我想是夏纳先生。”

“真见鬼[1]，他妈的！——请见谅，先生，那只是我的口头禅罢了，不小心说漏了嘴——不知为什么，他老跟我们过不去，也许圣诞晚上我们对他玩得狠了点儿。总之，可以肯定，夏纳先生那样做并不是出于对某种音乐的真正的爱好，而是另有所图。他跟那把椅子一样对音乐一窍不通。可是就算是吧。”

“我想你不能这样下结论：只因夏纳先生想要不同的音乐，就认为他对你们没有好感。我本人，我必须承认，喜欢风琴音乐胜过其他任何音乐。我认为它是最合适的，觉得有理由竭力引介。可是，虽然别的音乐更好，我却不能说你们的不好。”

“好吧，梅伯先生，既然一定得死，那么我们就要在你决定的日子死得像个爷儿们（原谅我的直率）。”

梅伯先生低下了头。

---

① 鲁本习惯说的口头禅，原文为“CLK”，一句发泄情绪的粗话，并无实际意义。

“我们当时想的是，像现在这样在复活节后的某个礼拜日，尤其是没有名分的时间，不年不节的日子，堵住我们这些老古董歌手的嘴不让唱的话，在其他教区人的眼里太丢人了，先生。但是如果我们在圣诞节风光一阵子，那我们就会有一个很体面的收场。而不是在一些没名分的某个节日后的第二个礼拜日或某个节日前两周的礼拜日退出，这本身就没有什么名堂。”

“对，对，有道理，我承认有道理。”

“您瞧，梅伯先生，我们已经——我打扰您这么长时间了，先生？”

“没，没有。”

“我们有我们的情感——尤其是父亲。”

车户一本正经地走到离牧师仅六英寸的地方。

“当然，当然！”梅伯先生说，为了便于看而后退了一点儿，“你们大家对这个话题很热情，见你们这样我更高兴。冷漠人的看似热心①比麻木不仁更糟糕。”

“太对了，先生。现在事实上，梅伯先生，”鲁本继续说，那样子给人的印象更加深刻，说话间又朝牧师凑近了点儿，“说起对音乐的爱好，父亲是个奇迹般的完人！”

牧师又后退了一点儿。为了能让父亲看见，车户也突然往后站了一两英尺，同时手指着父亲。

老威廉出于礼貌，在大椅子上吃力地动了一下，嘴边露出

① 原文为“Laodicean lukewarmness”，出自《圣经·启示录》3:14-16。

一丝微笑，说他的确喜欢音乐。

“现在，您亲眼见了。”鲁本接着说，为了唤起梅伯先生的正义感，他往旁边审视着梅伯先生的眼睛。牧师似乎看见了眼前的一幕，鲁本太高兴了，又一次激情满怀地走近牧师，背心纽扣几乎要擦着牧师的纽扣。他继续说：“对于父亲，假如您或我，或者任何一个晚辈，不管是男是女，在演奏音乐的时候，在他面前挥动拳头，像这样，并且说，‘难道你不喜欢这音乐！’”——车户退回到里福坐的那儿，把拳头举得离里福的脸很近，后者把头往后靠墙缩了一下——“行啦，里福，我的孩子，我不会伤你，就是想给梅伯先生表示一下自己的意思。——正如我说的，假如你或我，或者任何人，在父亲面前这样挥动拳头，并且说，‘威廉，要命还是要音乐！’他会说，‘要命！’这就是父亲整个的本性。你瞧，先生，如果彻底取消他和他的低音琴，这一定会伤害那种人的感情。”

车户回到了牧师的前方，再次恳求地看着他的脸。

“确实如此，确实如此，杜威。”梅伯先生回答道，试图原地不动地把头和肩膀往后移一下，可是发现不可能，于是又把身子往后挪了一英寸。这样多次的后退最终把梅伯先生夹在了安乐椅和桌子的边缘之间。

在通知唱诗班来访的时候，梅伯先生刚重新蘸了一下写字的笔。当他们进来的时候，他没有把墨水擦掉，只是笔尖悬着放在桌上。最后退的那一下，他的上衣后摆碰到了笔，笔滚落了，先撞在了椅子后背上，接着翻了个跟头落在了座位上，然后当啷一声掉到了地板上。

牧师弯腰去捡笔，车户也弯下了腰，心想不管他们之间的宗教差异有多大，他的心胸还不至于狭隘到让它左右他的社交情感。

“你还有别的事想给我解释吗，杜威？”梅伯先生从桌底下问道。

“没了，先生。嗯，梅伯先生，不会冒犯了您吧？希望您能理解我们的愿望是合理的。”车户从椅子下说道。

“能，能。我也没想要拒绝倾听这样合理的请求，”牧师答道，见鲁本已拿到了笔，他又坐直了，然后又说，“你知道的，杜威，常言说，既要坚持我们的信念，还要使各方都满意，这该是件多难的事啊。同样的道理，既要心存感念，又要坚守信念，也很不容易。就拿我来说，我觉得你们是正确的，夏纳也是正确的。我看小提琴不错，风琴也不错，当我们引进风琴的时候，并不意味着小提琴就不好，可是风琴更好。这个你会明白吧，杜威？”

“会的。非常感谢您有这份心，先生。噗——噗——噗——噗！每当我这样蹲下的时候，血就一下子涌到我头里，一定的！”鲁本说着起身把笔垂直插进了笔筒，几乎插到了底部，这样不管什么情况它都不会滚下来。

此刻，站在走廊里的那群古老的吟唱者，随着时间一分分过去，感觉好奇心在涌动，且不断高涨。迪克对本次行动不太热心，不久便觉索然寡味，就朝学校的方向走了。假如牧师的笔没掉到地板上的话，他们的规范意识很可能会克制住自己窥探屋内动静的欲望。椅子等东西的移动本来是由找笔而引起的，但他们坚信仅有一种可能，那就是一场才刚刚开始的可怕的血战造成的，这种念头压倒了其他所有想法。他们走到门口，门刚好自动关了。于是，当梅伯先生起身抬头的时候，只见潘尼先生正从门口往里瞅着，能看见潘尼先生的全身，潘尼先生的头上方是麦尔的脸和肩膀，麦尔的帽顶上方是斯宾克斯的额头和眼睛，斯宾克斯的手臂下是鲍曼的一部分脸——后面是月牙形的其他人的头和脸——十几只眼睛齐刷刷地闪着想一探究竟的热切目光。

潘尼先生是易激动的鞋匠和那类男人的典型，他见牧师看着他一言不发，便认为有责任说点儿什么，但不知从何说起。等看了一会儿牧师，这才有了话题。

“我说出来您会谅解我的吧，先生，”他说，脸上带着十分同情的表情注视着牧师脸上的皮肤，“您很可能没注意，您下巴上有一处早上刮胡子时割破的地方在流血，先生。”

“哎呀，是弯腰弄得，肯定是，”车户随口说道，他也很感兴趣地看着牧师的下巴，“如果把血痂弄掉了，血还会淌的。”

老威廉也同样抬头看着牧师流血的下巴。里福从书柜处向前跨了两三步，专注地思索同一现象，嘴半张着，眼睛透着喜悦。

“天哪，天哪！”梅伯先生匆忙说，看似很紧张，用手摸了一下下巴，然后拿出手绢擦拭那个地方。

“就那儿，先生。现在好了，我想——一点儿事都没有，”

潘尼先生说，“如果再淌的话，用您帽子上的一点点毛就能立刻止住。”

“用我的吧，”鲁本说，为了表达他的好意，“我的帽子没您的新，先生，但一点儿都不碍事。”

“不，不，不要紧。”

“呀，先生，刮胡子时您的手有时会抖，当您刚意识到可能割了的时候，下巴已经在流血了。”

“我心里一直在琢磨何时做出改变的问题，”梅伯先生说，“我知道你们要让我做出让步。我想圣诞节对我来说有些太晚，就像现在对你们来说有些太早。我建议米迦勒节①或者前后那几日，对双方来说都比较合适。因为我想你们对没有名分的礼拜日的反对其实并非真那么重要。”

“很好，先生。我想，一个人不该只顾自己的小算盘。我以我们大家的名誉表示，我们乐意换班，我们对您的话很满意。”鲁本又摸了一下想象中的帽边，唱诗班所有人也那样摸了一下，“大约在米迦勒节，嗯，就依您的，先生，到时候我们就给下一辈腾地方。”

“大约在米迦勒节。”牧师说。

---

① 米迦勒节（Michaelmas），基督教节日，纪念天使长圣米迦勒。西方教会定在9月29日，东正教会定在11月8日。在英格兰、威尔士和爱尔兰，同时也是每年的四个账目结算日之一。这一天的传统食物包括一只“麦茬鹅”（用大丰收后剩留在地里的麦茬喂饱的鹅）和一块被称为“圣米迦勒的燕麦烤饼”的特殊的饼。

第五章　回家

“这事他处理得很好，是吧?”当他们大家走上山的时候麦尔说。

“他看着像个爷儿们，果然做事也像个爷儿们，”车户说，“真高兴我们让他知道了我们的想法。尽管除此之外，此行我们并没得到很多，但不虚此行。他不会忘掉。是啊，这事他处理得很不错。假设这棵树是梅伯牧师，我就站在这儿，这块大石头就是坐在安乐椅上的父亲。‘杜威，’他说，‘我并不想强行改换教堂音乐。’”

“话虽如风，但那人很不错。”

“挺好——非常好。实际上，”车户自信地说，“这就看你怎样对付人。每个人都需要理解。王后需要理解，国王也需要理解；男人需要几乎和女人一样多的理解。这话道出了许多道理。”

“果真如此!”那些丈夫们喃喃自语。

“整个过程中梅伯牧师和我像好朋友一样，我们好像是拜把子兄弟。唉，这人可是个大好人，是别人给他灌输的想法在作祟，为此我们就得走一趟。”

“现在关于人们的道听途说确实连一半都不能信。”

“上帝保佑，伙计们！这根本不是牧师的计策。根源在于那边的那位绅士（车户朝夏纳农场的方向点了下头），是他出的这个馊主意。

“什么！夏纳？”

“哎，我发现了牧师没能发现的玄机。嘿，因为夏纳在力荐那位姑娘，就是昨晚我才说是我们家迪克的甜心的那位，可是我觉得迪克没戏。夏纳想让她在会众面前出出风头，盘算着通过让她出风头来赢得她的芳心。哼，他很可能会得逞。”

“如此看来，音乐还不如那个女人，另外的执事不如夏纳，牧师不如执事们，真是无法无天了。”

“没错，你瞧，”鲁本继续说，“刚开始，我真是犯难，咋跟他吵呢。简单说，为了拯救我的灵魂，我不能昧着良心跟这样一位文明人吵。他对一旁的父亲说话时声音恬静得像小羊羔一样，‘威廉，您是老人家了，所有人都会老的，您就坐在我的安乐椅上，休息休息。’说完父亲就坐下了。我真想笑话你，爹：你一开始放心大胆地坐上了，等到椅子底座陷进去的时候，咳，你那个害怕劲儿。”

“你瞧，”老威廉赶紧解释道，“发现底座塌陷——我哪知道这是弹簧底啊？——心想整坏了，当然就是整坏人家的椅子，我压根没想到这等事。”

“嘿，街坊们，当一个人正在与人争吵的气头上的时候，可别看见自己的老爸坐在敌人的安乐椅上。里福这可怜的人儿表现得很出色，似乎有头有脑——嘿，这一下子让人没了脾气，我泄气了。”

“如果那个轻浮的小娘儿们——我的意思是范茜·戴，”鲍曼说，“没那么使劲儿向夏纳、迪克还有另一位卖弄风情的话，我相信我们绝不会离开廊台的。”

“我相信即使夏纳发射了子弹，那也是牧师制造的，”潘尼先生说，“我老婆坚信他爱上她了。”

“这是我们没办法弄明白的事儿。我解不开她这个谜，不知道究竟。”

“你读不懂她这样的小家伙的。”车户煞有介事地说。

“姑娘越小，鬼越大，我是这么想的。照这样说，她很有可能是个有趣的难题。”

“是的，吉尔弗雷·戴是个绝顶聪明的人。从来什么都不说，他什么都不说。”

“从来不说。”

“你可以跟那人生活，伙计们，但即使生活一百年，你也永远摸不透他的心思。”

“哎，有个内地伦敦那边喝过墨水的人常管吉尔弗雷叫傻子。”

“你根本搞不清那人的心思，绝对不会，”斯宾克斯说，“难道是自闭症？啊，他有自闭症！他能牢牢管住他的舌头。那人不爱说话的哑巴脾气听起来蛮有意思的。”

“这里面的文章可大了。每一刻沉默都洋溢着有声的含义。”

“他能非常巧妙地管住舌头——真的很巧妙，”里福重复道，“他看着我好像能看见我的思想像钟那样转动。”

“行了，大家一致认为那人说话时火候掌控得很好，能做到说停就停，不管长时间还是一小会儿。尽管我们不希望他女儿继承他的自闭，但她多多少少还是有他的那么点儿意思。”

“可能还有他的财产。”

“是的，人人都说他有九百镑财产，可我说是四百五十镑，因为我绝不相信会超过我听到的一半。”

“嗯，他还是挣了几个钱，我想那丫头会得到它，因为再没有别人。如果本来出生富贵，但养得粗糙，好像无命享福似的，让她那么辛苦地干活，这对她就过于苛刻了。”

“这全都在于他的准则。一个很有心机的家伙！”

“啊，”斯宾克斯小声嘀咕，“如果有命享福却出生贫贱，对她岂不更苛刻了！我就遭遇了这样的不幸！”

第六章　雅尔伯里林和守林人的家

在接下来的礼拜一早晨，迪克体验了年轻人很少经历的那种对一切无所谓的释然心情。这是复活节假期后的一周，他坐着母马聪聪拉的轻便弹簧轮马车行进着，一路上望着潮湿的山坡在温暖的阳光下冒着蒸汽。在这变化莫测的时节，太阳带着那份清新照在小草上，像一个偶然的来访者，而不是熟悉的主人。他的任务是把范茜和一些居家用品从隔壁教区她父亲的家送到梅尔斯托克她的住处。远处的风景被云团黑压压地罩着，可是近处的景物被透过后面沉甸甸的灰色阴影照射下来的太阳光线照得发亮发白。

车户还没有告诉儿子夏纳通过其行动暗示给自己的那种态度。他更愿意让这种微妙的事儿自清自明。经验教给他，爱的波动在别人身上存在，但绝不是他自己的人生中哪怕一次行动可赖以立足的基础。

吉尔弗雷·戴住在雅尔伯里林的深处，他家构成了威塞克斯伯爵乡村庄园的一部分。戴先生是伯爵的守林人头目，木材管家，这地区的总监管人。这树林在离家不远的地方被从卡斯特桥通往伦敦的公路截断了。为了使孤独的住户能看见过路人，近年来人们砍掉了窗户和雅尔伯里山的上坡之间的一些树。

在像现在这样春光明媚的早晨，即便是个陌生人，走进守林人的家都是件愉快的事。木柴燃烧时，袅袅青烟从烟囱中冒出，然后弥漫在屋顶上，就像女士帽子上的蓝色羽毛。太阳间接地通过门道照上了对面的台阶，用闪闪发光的绿色射线照亮了台阶的垂直部分，让台阶的平面部分处在一片阴影中。

前面那间屋子的窗棂离地面四到五英尺，向里延伸到一个又宽又低的长凳，长凳及下面整个墙面总是笼罩在黑沉沉的阴影中，这阴影怎么看都让人不舒服，除了有一点——有了它，上面关在笼子里的金丝雀长期拨撒水和食籽的一幕不会很醒目地被客人注意到。窗户是菱形重铅条玻璃窗，尤其在下面部分，镶着有不同绿色图案的压花玻璃。范茜印象最深的就是这些圆形的结或眼把人们从外面透过它们看到的一切扭曲变形为多种花样——把帽子从头上提起来，把肩膀从躯干提起来；把车轱辘辐条分散开，或把挺直的冷杉树干变成半圆形。天花板由一根从中间横穿过去的大梁顶着，梁的一头凸出来一个大钉子，常常只用来充当吉尔弗雷的帽钩；钉子上留下了彩虹状的印痕，这印痕是帽子在湿得滴水的情况下挂上去时其帽檐留下的。

这屋子最吸引人的一点是家具。这是一套按诺亚老规矩制作的家私物件的复制品，每一种都有一模一样的两件。这种家具的复制法要归功于范茜母亲的先见，从范茜生日开始就开始实施了。这种设计不言而喻：知道这家情况的人看了这些家具都会意识到，那第二套是为范茜准备的，等她结婚或有自己的家的时候用。最引人注目的是一对绿面的八天钟①，一个接着一个地嘀嗒作响，十二点时分别敲两分半和三分钟。其中一座钟装饰有印度弧线，表明制造商为托马斯·伍德；另一座顶部为拱形，看样子做工更精细，是以西结·桑德斯的风格。二者都是卡斯特桥的已故钟匠，他们一生的拼命较量不在别处，就在吉尔弗雷家这儿尤其得到了延续。除了这些为结婚准备的主要家具外，在右面还放着一对碗橱，每个都完整配备了杯子、盘子、碟子，接下来是两个哑巴侍者②，两本家庭用《圣经》，两个热饭平底锅和两套混合摆放的椅子。

最后到的位置是烟囱角，它毕竟是最吸引人的地方。它很大，足够容纳吉尔弗雷本人、吉尔弗雷的妻子，还有她的椅子和工作台，全部都在壁炉台的范围内，没有被炉火烤着的危险或者不便；上面也很宽敞，可以塞进挂腊肉的木头杆子，这些杆子上披着长长的一片片烟灰，在风中飘动，像古老教堂通道墙上的破烂旗子。

这些布置在左邻右舍的大部分烟囱角都很常见，但有一个特点，不但使偶尔来的贵客对吉尔弗雷的壁炉产生兴趣——对他们来说每个农家壁炉都多少有意思——而且使那些见惯了普通乡村式壁炉的朋友也对它心生艳羡。这个特别之处就是烟囱后面的一个小窗户，几乎刚刚高过炉火，烟离开垂直烟道后在它周围轻柔地爬动。令人好奇的是，窗台板被烙上了许多黑

① 一周上一次发条的机械钟。

② 一种放置在饭桌旁的旋转食物架。

圈，显然是被加热了的酒杯底烫的。热了酒，那些酒杯刚刚在发烫的炉灰里烫过之后随即就放在那儿了，结果使窗台有了一幅已经通过了无数邮局的信封的模样。

范茜在屋里轻快地走动着准备午饭，她的头一会儿向右偏，一会儿又向左偏，嘴里唱着从她心里像蘑菇一样窜出的一些歌曲片段。从楼上房间传来戴夫人的脚步声。范茜最终走到门口。

“父亲！吃饭！”

随着有节奏的脚步声，只见一个瘦高人影从窗户边走过，守林人从花园走了进来。他看起来是个眼睛总是往下看的人，好像试图回忆昨天说过的话似的。

他脸上与其说有皱纹还不如说有小裂缝，眼睛上下都有看着像一种双眼皮的褶皱。鼻子在一次抓捕偷猎者的打斗中被打得向后缩了，因此，当太阳低低地照在他脸上的时候，人们就可看到他的鼻孔深处。他身上有一种冷酷与严峻，如果不是诚实的心灵做出正确的引导的话，在不愉快的时候就会转为粗鲁，如果不明察细判，这种气质经常引起一种误断。

虽然在比他稍富一点儿的朋友中他并不算格外沉默的人，但对外人从来都吝惜言辞，对他的捕猎人艾诺克只通过点头或摇头的方式传达他的想法。他们长期以来对对方的表达方式非常熟悉，再加上他们的工作性质，他们之间的言语作为传递思想的载体几乎成了多余。然而他们关注范围的巧合和社会观点的惊人一致，时常使守林人吃惊地感到这有损主仆之间的规矩，因此作为礼节，严格限制了肆无忌惮的谈天论地。

守林人后面来的是艾诺克（他一直在花园里帮忙），前后间隔定为三分钟——捕猎人一方到场的时间间隔是经过深思熟虑后才得出的。间隔四分钟表示对室内安排的冷漠，同时到便意味着太急于吃饭。

“比平时有点儿早啊，范茜，”守林人说着，坐下来看了看时钟，“你的以西结·桑德斯又比托马斯·伍德快了。”

“我取了二者中间的时间。”范茜说，也看了看钟。

“最好按托马斯的来，”父亲说，“托马斯敲得舒服，能引导人漫不经心地起誓。他和镇上的时间一样准。你的继母怎么不在这儿？”

范茜正要回答父亲的问题时，外面传来了一阵车轮的响声，“喂——咿，聪聪！”理查德·杜威先生叫停马车的声音从房子的拐角飘进了农舍。

“嘿！杜威的车来接你了，范茜——迪克赶车——以前他也来过。嗯，叫小伙子和我们一起吃个便饭吧。”

一进去，杜威就以他惯用的方式想表明他对范茜感兴趣只是因为她和他是乡里乡亲。他们大家都落座了。意识到他们那些偶然相遇的情景，迪克本想着她的举止不会彻底放松，可是他打消了这个念头。艾诺克斜着坐在远处的桌旁，就在角落碗橱的下方，用一个长长的直角品脱杯喝苹果酒，杯子的四面画着棕色的高高的冷杉树。他偶尔也会给这个谈话的主流甩上几句——坐得远有个优势，他既可以享受饭点的聊天乐趣（尽管比较微小)，又不用使自己承担延续谈话的责任。

“你继母为什么没下来，范茜?”吉尔弗雷问。

“请你谅解她，迪克先生，她有时有点儿怪异。”

“哦是的，一定会的。”理查德说，好像他每天都习惯了原谅人。

“她属于再嫁的那类女人，相当古怪的一类。”

“确实。”迪克带着莫名其妙的同情说。

“是啊。对于女人来说那是够为难的，尤其是像她那样已经做过一回老婆的人。”

“一定很为难。”

“对。你瞧，他的第一位丈夫是个年轻人，他太由着她了。事实上，她对世上最无聊的小事也会很挑剔。我娶了她之后就发现了，当时我这么想——现在也没变——‘现在开始矫正她已经太晚了’，也就只好由着她去。可是她有些怪，有时非常古怪!”

“听这话我觉得很遗憾。”

“是的。你听着，老婆是社会上很让人费解的一个阶层，因为尽管她们绝对错，但她们顶多错一半。”

守林人这种家庭道德观带来的痛苦似乎使范茜很不自在，姑娘的敏感告诉她，这很有可能会影响迪克已经认定她应有的隐约可见的一些品质。她死一样的沉默让吉尔弗雷意识到他的话中的一些东西不符合她受过的教育理念，于是他换了话题。

“弗雷德·夏纳送来酒了吗，范茜?”

“我想送来了，哦，是的，送来了。”

“很不错，弗雷德·夏纳，他是个可靠的人！”吉尔弗雷一边对迪克说，一边给自己舀肉汁。为了不让肉汁溅到桌布上留下污渍，他拿着勺子经过土豆绕了一圈放到了他的碟子里。

此刻，吉尔弗雷的眼睛紧盯着碟子看了四五分钟，之后当他再次移开目光的时候，也只是移到勺子上，满满一勺肉汁加上传送的距离，需要全程仔细关注。就像守林人的眼睛死死盯着勺子一样，范茜的眼睛紧盯着父亲的眼睛，牢牢地盯着，这些举动并没有事先预谋或丝毫的鬼祟动机。这就是要这样做的原因：

迪克坐在她的右面，桌子的对面是她父亲。范茜把右手轻轻地放在桌布上一会儿，使她惊奇的是，迪克以叉子掉了和擦拭额头为由垂下左手，正好盖住了范茜三分之一的手，而且索性就放在那儿不动。于是天真的范茜没有把手抽走，眼睛只盯着父亲的眼睛，以免让他发现迪克的这个危险游戏。迪克吃下了一大口；范茜吃了一丁点儿，只是望着吉尔弗雷的眼睛。接着两只手都溜开了；范茜的手放到了离桌布六英寸处的位置，离迪克的手一英寸。吉尔弗雷的目光已经上移了。

“我说弗雷德·夏纳是个很不错的可靠的人。”他重复道，语气比先前更重。

“他是，是，他是。”迪克结结巴巴地说，“但是对我来说几乎是个陌生人。”

“哦，确实。现在我对他熟得不能再熟了。你对他也很熟，是不是，范茜？”

吉尔弗雷端着一种腔调，意在表明这些话目前的含义大约是它们字面意思的一百倍。

迪克看着很焦虑。

“给我递些面包吧？”范茜慌乱地说，心头一阵兴奋，脸上的红晕变得有点儿不均匀，对于面包的关切程度达到了一个人所能达到的极限。

“唉，好嘞，”吉尔弗雷毫无觉察地回答道，“哎，”他继续说，回到了被转移了的话题，“如果事情顺利的话，我们很可能要跟夏纳先生保持友好关系。”

“是桩好事——是桩大好事，我是说。”年轻人牛头不对马嘴地回答道，心想他的思想没有顺着吉尔弗雷的话，而是一直停泊在他的左面距离大约两英尺的范围。

“年轻女人的脸能改变北风的风向，理查德师傅，我敢保证绝对没错。”迪克更加焦虑，郑重其事地留心这些话。“是的，能改变北风的风向，”停顿了好一会儿后，吉尔弗雷又说，“尽管她是我自己的血肉……”

“您从碗橱架上给我拿一点儿原乳奶酪①好吗？”范茜打断了她父亲的话，好像她很饿似的。

“唉，好嘞，孩子。孩子，我说，夏纳先生就在昨晚还问……你说的奶酪，范茜？”

---

① 用没有提取过奶油的原牛奶做的奶酪。

对于这些针对夏纳先生的神秘暗示，迪克克制了自己的情感，——觉察到范茜的心思和父亲的想法并不一致，因此最好还是强迫自己克制一些——他对邻居的事说得像个陌生人似的。“是啊，关于姑娘脸色在决定你道路时发挥的威力可有的说啊。”他冒昧地说，这时守林人到后面去取奶酪。

“这话说着说着就走了样，我曾做过的任何事都不能证明这种说道！”范茜带着强调的语气嘀咕着，声音不大，迪克刚好能听见。

“你可想好了，能成，”艾诺克从遥远的角落喊道，正好填补了吉尔弗雷的片刻缺席所造成的谈话空缺，“所以你要娶她，杜威师傅，准成。”

“求求你快别说这些乱七八糟的话了，艾诺克。”范茜很严厉地呵斥道，艾诺克听了乖乖地服从了。

“如果我们注定要结婚，我们就结婚；如果注定要单身，也只好认命。”迪克回答。

吉尔弗雷这时已经重新落座。他煞有介事地扯开嘴，使嘴皮显得很薄，然后向窗外望去，顺着视线一直看到远处公路以及上面的雅尔伯里山。“对于某些人这可行不通。”他最后说，好像他在读视线远处一端的板子上的字。

范茜看着很感兴趣。迪克说：“行不通？”

“就拿我老婆来说。她命里不该成为这偌大宇宙中任何人的老婆。可她下定决心嫁人，而且还嫁了两回。命中注定？命中注定在老女人那里算个屁——在她手里那就是一个小毛孩！”

这时从楼上通道传来走动的声音，接着是下楼的脚步声。楼梯脚的门开了，第二任戴夫人出现在人们的视野中。她一边盯着桌子，一边朝桌子走来，很明显，除了她自己，她不在乎在场的任何一个人。简言之，如果桌子是人，人是桌子，她这一看就是最本能、最富有想象力的了。

她相貌平平，长着铁青色的头发，臀部很窄，宽宽的白色围裙带系在深色布料做的衣服的腰部，显得格外干净。

“人们出去肯定会传开，”她说道，“简·戴的桌布又破又烂，简直像工棚的乞丐用的！”

此时迪克感觉那桌布铺着更寒碜了，想了一阵儿，认定这位继母言中的“人们”很可能指的是他自己。一抬眼，发现戴夫人已经上楼了，踪影皆无，须臾间又抱着一些新的织花亚麻桌布回来了。桌布叠得方方正正，由于长期压着，像硬板一样。她气呼呼地把桌布扔到了椅子上，然后取出一块，从折叠处甩开，分几回铺在桌子上，把碟子盘子一个一个从旧桌布上转移到了新桌布上。

“我想他们还会说她家的刀叉也不成样子！”

“我不会说这些不地道的话的，我向您保证——”迪克开始解释，可是戴夫人已经进了隔壁屋子。范茜的样子有些郁闷。

“一个十足的怪女人，不是吗？”吉尔弗雷说，一声不响地继续吃饭，“想矫正已经太晚了。就这么地了！这脾气已经根深蒂固了，要治掉这毛病就等于要了她的命。唉，真是个怪胎。当你看到我家楼上藏的那些好东西的时候，你一准会很吃惊的。”

戴夫人又回来了，手里拿着一个盒子，里面装着牛角把的闪亮的钢刀、镀银叉子、切肉刀和其他一整套东西。这些刀叉都擦去了裹在上面的保护油。然后“砰”的一声，戴夫人把刀叉摆在每个人面前，把切肉刀叉扔到了肉盘子里，把已经用了的旧的都收走了。

吉尔弗雷若无其事地用新刀叉切了一片肉，问迪克想不想再来点儿。

餐桌是为午餐和茶点一起准备的，这种做法在节俭的乡下很常见。“这一带的人，”戴夫人继续说，眼睛没看任何人，却一把抓取了那些上了棕色釉的陶瓷茶具，“是我遇到的最懒惰、嘴最长、最爱偷猎、最喜欢蹲监狱的人。接下来他们还会对我的茶壶说三道四，我想会的！”她拿着茶壶、茶杯以及盘子不见了，又带着白色瓷器装的茶点和一个棕色纸包出现了。剥掉外面的纸和里面折了几层的棉纸，露出了一个闪亮的银茶壶。

“我来帮着收拾，”范茜很平静地说，一边从座位上站了起来，“我想我应该摆上好点儿的餐具。不过，”（这时她不但看着继母还看着迪克）“好久不在家，收拾起家来总是笨手笨脚的。”接着这只快乐的小鸟又把微笑和温情撒满了小屋。

又收拾整理一番后，戴夫人在餐桌一头落座了。在午饭后喝茶的时候，她很冷静地招呼大家。此时，她已消了气，人们会惊讶地发现她是一个很通情达理的好人，谈起她的痛苦事时，那口气甚至还带着宗教般的严肃。

第七章　迪克显身手

吉尔弗雷刚才几次不经意间提起夏纳先生，结果害得小杜威在归途中无法随心所欲地和范茜交谈，其实他本该无拘无束地闲侃才是。迪克很忐忑地对她说了一句，又因太唐突，过于一本正经，使那位年轻姑娘比自己更少言寡语。双方除了鸡毛蒜皮的事外都不愿意谈论任何话题，说了也只是三言两语。

因为范茜那天比说好的时间来得晚，所以女清洁工没有等她，迪克顶多也就留下来确保让她在刚回来的这点儿时间过得舒服一点儿。这房子一周没住了，再次住进来时，显得空空荡荡的，叫人有些不适应，觉得很别扭。带来的另外的家具和器具（其中有鸟笼和一只金丝雀）都从车上拿下来了，马卸了鞍安置在对面一块长着嫩草的空地上。迪克点着了早已准备好的柴火。身体活动起来了，他们的舌头也开始有些松软。

“哎呀！”范茜说，“我忘了带生火用具！”

早先她在起居室找到了一张桌子、三把椅子、一个壁炉护栏和一块地毯，证实了校长在给她的信中提到的“家具几乎配备”的说法。这个“几乎”又让一位好心的朋友做了补充，这位朋友在她回家去取生火用具和杯盘器具之前借给她一些用。

迪克操心着年轻姑娘的火，用马鞭把柄做拨火棍，最后马鞭被烧坏了，接下来的时间又挥舞着围栏上的木棍。

“水壶开了，现在你可以喝杯茶了。”范茜说。她把头伸进她带来的装器具的篮子里。

“谢谢。”迪克说。赶了一路的车，他很想喝点儿茶，尤其在有她陪伴的情况下。

“呀，这儿只有一套杯子和盘子，我的天哪！母亲也不知怎么想的。我们换一下好吗，杜威先生？”

“没问题，戴小姐。”这位有礼貌的人说道。

“只有一个杯子、一个盘子也可以？”

“一点儿也不介意。”

“你什么意思？”

“如果你喜欢盘子的话，我就用杯子。”

“如果我喜欢杯子的话，你就用盘子？”

“正是，戴小姐。”

“谢谢你，杜威先生，我决定要杯子。等等，没有勺子！”她又把头伸进器具篮子，约莫两三分后抬起头说，“如果找不到勺子的话，我想你不会介意吧？”

“一点儿也不。”这位随和的理查德说道。

“事实上，勺子溜下去了，就在别的东西的下面。哦，果真如此，这儿有一个，仅有一个。我想你很想要吧，杜威先生？”

“不要。我确实从来不在乎勺子。”

“那么我用。我还真在乎。你用刀子搅茶。把水壶拿走好吗？要不就烧干了。”

迪克跳到壁炉处，煞有介事地拿走了水壶。

“咳！你也忒粗心了，把手都弄黑了。我们经常用水壶提具，难道你学干家务就到这份儿上了，杜威先生？好了，别介意手上的烟灰了。来这儿，我也打算洗一下手。”

他们走向她放在后面屋子里的洗手盆。“这是我仅有的一个盆，”她说，“挽起袖子，我快洗好了的时候，你再过来。”

现在她的手泡在水中。“哦，真糟糕！”她惊叫道，“给你一滴水都没有留下，除非自己去打，我不知道那口井有多少弗隆①深。缸里的水一些用来烧开水，其余的全倒盆里了。你将就着用同一盆水洗一下可以吗？”

“可以。而且为了节省时间，我就不等你洗完再洗，如果你不反对的话。”

说着他把手放到了水里，他们噼噼啪啪一起洗起手来。平生第一次在水中接触到女人的手，迪克顿时发现那感觉很美。

“的确，我几乎分不清哪是我的手，哪是你的手，都搅在一起了。”她说着突然抽回了自己的手。

“一点儿关系都没有，”迪克说，“至少在我看来是这样。”

“哎呀！没有毛巾！手湿之前谁会想到毛巾呢？”

“谁也想不到。”

“‘无人想到。’人太友好了反而很无聊啊！来吧，杜威先生。你觉得你能用胳膊肘支起箱子的盖子，然后不管用什么东西取出干净衣服下面的毛巾吗？千万别用湿手碰衣服，因为上

---

① 弗隆（furlong），长度单位，相当于220码或201米。

面的那些都上过浆熨烫过。”

迪克设法用刀叉从细薄棉布衣服下抽出了一条毛巾，并没有弄湿衣服。瞬间，他冒险地采用了一种批评的口气。

“我真替这衣服担心。”他一边说着，一边和范茜一起擦干了手。

“什么？”戴小姐说，眼睛盯着谈到的箱子里的那件衣服，“哦，我懂你的意思——牧师绝不允许我穿细薄棉布？”

“是的。”

“哼，我知道教堂所有教规对此都颇有微词，认为这不适合做殷实人家正统姑娘的日常穿戴，不过我们走着瞧。”

“看在教堂的利益上，希望你不要讲得那么严肃。”

“是的，可以，不过我们走着瞧。”她的嘴唇上带着一种诱人的自信，如果不是主教、牧师或执事的话，看了一定很赏心悦目，“我想我能搞定牧师对我的看法，如果他年龄在四十岁以下的话。”

迪克希望她绝不要有摆平牧师的想法。

“我当然乐意喝你的香茶咯。”他很随意地说道，然而态度比较谦逊，好像介于客人和熟人之间的那种关系。迪克很怅然地看着他那孤零零的盘子。

“我也想喝啊。我们还需要别的东西吗，杜威？”

“我想没有了，戴小姐。”

她准备坐下，愉快地从窗口看聪聪尽情享受茂密绿草的样子。“似乎无人关心我。”她喃喃自语，一双失落的大眼睛盯着离聪聪很遥远的天空。

“可能夏纳先生关心你。”迪克说，听口气像是有点儿挫败感。

“是的，我居然忘了——他确实关心我，我明白。”迪克立马后悔提起夏纳，因为这居然引起了这样痛苦的结果。

“我敢保证有一天你会真正喜欢上某个人的，是不是，杜威先生？”她继续说道，很动情地审视着他眼中的那个精确的中心。

“啊，保准会的。”迪克也深情地说，同时回头审视着她黑色的瞳孔，只可惜它们转到了侧面。

“我的意思是，”她继续说，阻止了他生编硬造他自己的情感故事来讲给她听，“我的意思是无人来看看我是否已经回来了——连那牧师也没有。”

“如果你想见他的话，喝完茶我就去他的宅邸。”

“不，不！正当一切还没收拾停当，乱糟糟的时候，无论如何不要让他到这儿来。当一个人的家乱七八糟的时候，牧师的表情会很痛苦很别扭的；他们会转来转去，并且用很古怪的职业术语提一些毫无意义的建议，直听得你全身起鸡皮疙瘩，那时你真希望他们死了才好。要糖吗？”

说谁谁到。就在此刻，只见梅伯先生正沿着小道走了过来。

“天哪！他来啦！你不在这儿就好了！——真是的，太狼狈了——这可怎么办，这可怎么办！”她惊叫道，血立刻涌到了脸上，一阵通红，好像不是因牧师而是因迪克而恼怒。

“求你不要怪到我头上，戴小姐——再见！”迪克气呼呼地说，戴上帽子，迅速从后门溜出了屋子。

牵来马，套好鞍，跳上车辕准备出发的时候，他透过窗户看见牧师站在椅子上放的一堆书上往墙上钉钉子；范茜很娴静地看着，把金丝鸟和鸟笼递给他，好像在她的生活中，除了牧师和金丝鸟好像从没考虑过别的。

第八章　父子相遇

迪克沿着回家的路驱车前行，好一阵子只专注于反思和范茜较劲儿的片段，心情很是迫切，道路和风景像一层薄雾，笼罩着脑海中真实的画面。她是个卖弄风情的人？她爱他与不爱他的证据正好平衡，旗鼓相当，很难界定，因此他对她始终没有明确的看法，对她的认识处于一种游离状态。她让他把手放在她手上；她凝视着他想看穿他，看到他的内心深处——他也同样——足足有三四次；就脸盆和毛巾的插曲而言，她那样轻松随便；提起夏纳，她显得有些恼怒。话又说回来，她追他像乖巧的猫狗一样满屋子乱跑，说夏纳关心她，因梅伯先生也垂青于她，她似乎很焦虑。

想着想着，他不觉来到了梅尔斯托克十字。他坐在弹簧轮马车前面的板子上，一双腿伸到外面，整个身体像蜡烛的火焰一样，随着聪聪跑动的节奏上下跳动。他看见有人坐着四轮运货大马车下山了，不是别人，正是自己的父亲。父亲也小幅度上下颠簸，不是马儿跑动的缘故，而是因为路上有石头。他们不久就迎面相遇了。

“喂——咿！”车户对笑眯眯喊道。

“喂——咿！”话音未落，紧接着迪克对聪聪也同样喊了一声。

“我想你把她送回去了？”鲁本很平静地问道。

“是的。”迪克说，说话很果断决绝，好像一句话也不会多说。马儿笑眯眯以为父子俩的谈话就此罢休，准备要走了。

“喂——咿！”车户喊道，“我来告诉你怎么回事，迪克。儿子，那丫头已经把你整得五迷三道的。你现在除了因为她而痛苦地折磨自己外，没有幸福可言。”

“父亲，我不懂你在说什么。”迪克傻乎乎地回道。

“可我懂——喂，笑眯眯！——那些姑娘们，如今不干正事，尽想办法勾引小伙子走邪路。”

“哎呀，父亲！你就说说这尘世上的行情，你也是过来人了。”

“总的来说，这世界看待事物就像一个非常理智的人，迪克，很理智。”

迪克眺望着远处一大片抵押住宅。“但愿我富得像个乡绅，而乡绅穷得像只乌鸦，”他喃喃自语，“那么我很快就会问范茜一些事情了。”

“我也希望如此，全心全意这么想，儿子，确实这样想。嗯，留心着点儿，就这样。”

聪聪往前走了一两步。“现在假定，父亲，——喂——喂，聪聪！——我确实有点儿想她，有机会的话，其实我并没有机会。难道你不觉得她很合——适吗？”

“唉，好，很好。当你决定要结婚的时候，抓住到手的最可敬的那位——她跟别的姑娘一样好，基本上都一样，只是在发展前途上有差异。她的确很优秀，但我搞不懂你这样的小伙子，有舒适的房子和家，有父母的关爱，上了别人家的孩子无法奢望的好学校，究竟为什么还要屁颠屁颠地追求年轻姑娘。你要让人家做一个穷苦的妻子，给她一个贫寒的家庭，即无礼帽、便帽、假发，又无背心把她们打扮起来，再说了，人家姑娘对婚姻也有自己的想法，不希望被一大堆孩子所拖累。我要搞懂这个，不死才怪呢。这就是事情的关键，我的儿子。”

迪克眼瞅着聪聪的耳朵，然后一直往山上望去，可是没有一样所见之物能偷偷告诉他这其中的理由。

“父亲，我想你当年也是因为同样的理由那样做了。”

“去你的，小子，干吗把我扯进来！”车户尽情表现出一种冷峻而得意的神情，好像他是一个十分了不起的人物，对琐碎之事不屑一顾，即便是自己的事情也不例外。

“不管怎么说，”迪克说，“路上我问了她一个事儿。”

“就说这个，好吧？真邪了门儿了！你妈不会太激动的！嗯，她有所准备，我不怀疑。”

“我没问她嫁不嫁给我之类的话，如果你让我说的话，我告诉你我想知道什么。当时我只问，她是否在意我。”

“噗——噗——噗！”

“大约走了四分之一英里的功夫，她一言未发，然后说她不知道。现在，我想弄明白这句话啥意思。”后面的话说得很果断，好像他不喜欢天下所有父亲的创世笑话那样。

“这话的意思是说，”车户故意回答说，“眼下意思还比较隐晦。好了，迪克，作为你诚实的父亲，我不会假装否定你很清楚的事，也就是说，她父亲比我们有钱得多，如果她果真会成为你的人的话，我得做好足够的准备欢迎她。”

“可你认为她真正的意思是什么呢？”不满意的迪克问道。

“我恐怕不善猜测，尤其她说话的时候我不在场，你妈是唯一跟我有这层关系的女人。”

“当初你问我妈的时候，她怎么说？”迪克深思熟虑地说。

“我觉得这个也帮不了你。”

“道理一样。”

“嗯——唉。她怎么说的？我想想。我没脱靴子，直接给我干活穿的靴子上油，低着头，这时她正好像一片飘零的叶子一样从花园小门经过。‘安，’我说道，我是这样说的，接下来，——可是，迪克，这对你没什么用，因为我们是很特别的一对，你妈和我，至少一半如此，那就是我自己——你妈的魅力多在举止上而不在物质上。”

“没关系！‘安，’你说。”

“‘安，’我说，像我常说的那样……‘安，’我对她说，当时我正在低头给我干活穿的靴子上油，‘你愿意嫁给我吗？’……时隔这么久，接下来的我记不起来了。大概你妈还记得，——她对她比较得意的事情记得比我牢。不管咋样，关键是我们结婚了，正如我之后发现的那样。那是个圣灵降临节礼拜二①，——梅尔斯托克游乐会正好在同一天进行，每个人都一对一对的，那天天气真好，——像火一样热，——在往教堂走的时候，太阳直接晒着我的背！我记得很清楚，我汗淌得像洗澡一样，我的天哪！范茜会嫁给你的，迪克——她不会跟别人——别人没你这么幸运。”

“这个我不懂，爹，”迪克说，用鞭子轻轻抽打聪聪的侧身，闹着玩儿，对此聪聪很明白，跟赶路没有丝毫关系，“还有梅伯牧师，——也跟我过不去。”

“他怎么了？她从来没给你透露过他爱她？主啊，瞧这虚伪的丫头！”

“没，没有。不过他来拜访她，她看他的眼神跟看我的眼神大不一样，——我出来的时候，他在那儿挂鸟笼。”

“哎呀，人家为什么就不能挂她的鸟笼？真邪门儿，把一切都算进来了，哪儿跟哪儿呀，这跟你的恋爱有什么关系啊？迪克，我不说你是个胆小鬼，但是如果你不像一头白脸红点的公牛那样疯狂起来的话，就别再看到我对你笑。”

“哦，唉。”

“现在咋想，迪克？”

---

① 英国民俗中，复活节后的第七个礼拜日为圣灵降临节，圣灵降临节之后的那个礼拜二就是圣灵降临节礼拜二，英文原文为白色礼拜二（the White Tuesday），也是圣灵降临节期间的一个纪念日，详细内容见第五部第一章中的注释。

“不知道。”

“对你来说这又是一大烦恼。你认为谁才是我们胜出的克星？我们那伙人没告诉你吗？”

“没有。嘿，我想是梅伯牧师。”

“是夏纳，——因为他看上了那位年轻姑娘，想看她年轻的身子坐在那奇怪的乐器旁，用那年轻的手指抚弄琴键。”

和父亲谈话间，迪克心中酸甜苦辣咸五味杂陈。“夏纳是个傻子！——不，那不可能，我不相信这类事情，爹。再者，夏纳绝不会迈出这样大胆的一步，除非她有些主动，并且热情地接受。噗！”

“谁说她不会？”

“我。”

“你越发傻了。”

“为什么，我的爹？”

“她为你有更多表示？”

“没有。”

“那么她对他也一样——对他们也如此！听着，迪克，姑娘就这样。她发誓要为你而死，她准备为你死，她也愿意为你死；可是她会从另一个肩膀瞅着另一个小伙子，虽然还一如既往地坚持为你而死。”

“她不会为我而死，因此，也不会瞅他。”

“可她也许会为他而死，用眼瞅你。”

“我根本搞不清这其中的奥妙。”迪克心情沉重地说。

“我认为这其中的奥妙是，”车户说道，扬起马鞭，活动活动关节肌肉，用动作示意马儿赶路，“如果你从姑娘的举动读不懂她的心思的话，老天都会认为你该打光棍。窝囊，真他妈窝囊！笑眯眯！”说着车户继续赶路。

迪克紧握着聪聪的缰绳，马、车和人一切都僵在小径，好像生根了似的，这种状况不知要持续多长时间。幸好把诸多痛苦因素集中考量之后，迪克思想上逐渐摸索出这样一个道理——要做一件事，如果整夜待在那儿是不可能做成的。

回到家，他进了自己的卧室，关了门，好像这辈子再也不让人见似的，撕了张纸，揭去墨水瓶塞，开始动笔写信。充盈着情感的每一行都强烈体现了作者内心的尊严，反而很大程度上淡化了事实和愿望的逻辑顺序；看信的人根本不明白他此时此地是否不再喜欢范茜·戴小姐；他是否从来就没有认真爱过，从来不想爱她；他是否之前一直都在垂死挣扎，现在却打算满血复活；或者他是否身体一直健康，却准备即刻为她死去。

他把信装进了信封，封好口，用很严肃的直线笔迹写上了地址——刻意没用轻松随意的曲线。他把信装在口袋里，大踏步地沿着小径走去，每一步足有三英尺。一到她的大门口，他就露出一副非常坚定的表情，但随即又泄气了，转身往回走，撕毁了信，坐了下来。

总体上来说，那封信的语气是错误的——他必须承认。在这节骨眼儿上，需要一个无情的尘世人的口气。必须表明，他想得到她，还是不想得到她——应该更偏向后者；但是作为一个社会成员，他并不介意用自满得意的措辞提问，那么问题只能用同样的方式予以回答：她通过她的行为举止是否向他表达了某种意思，还是没有？

这封信从各方面考虑都是令人满意的。他把信塞到了小男孩的手里，嘱咐他拿着信往学校跑，另外还叮嘱，万一自己在后面叫他把信拿回来的话，也不要回头，一直往前跑——这是为了防止变卦而出的策略。迪克眼瞅他的信使沿路跑下去，然后转身进了家，突然急切又激动地打了一个口哨，这打口哨的动作仿佛就来自这位青年最深层的本能天性。

信按吩咐的送到了。第二天早晨到了，又过去了——毫无音讯。又一天过去了。又是一天。时间到了礼拜五晚上。迪克决定，如果第二天还没有回信或什么迹象的话，礼拜日他就要去见她，面对面把一切亲口告诉她。

“迪克，”他父亲说，此刻他正从花园走了进来——两只手各提着一只蜂箱，蜂箱用布裹着以免蜜蜂跑出去——“我想你明天最好把这两箱蜂替我送到梅伯夫人家去，我要驾着笑眯眯和运货车跑活儿去。”

这样正好可以放松一下。牧师的母亲梅伯夫人刚有了养蜂玩儿的念头（以自产蜂蜜省钱为借口）。她住在巴茅斯-利吉思靠近水域的地方，十英里开外，往那儿送蜂箱需要一整天的时间，某种程度上可以消磨掉今天晚上到礼拜天的这段尚无安排的空闲时间。最好的弹簧轮车被彻底清洗了，车轴上了油，蜜蜂放置停当，就等着启程。

第三部　夏

第一章　驶出巴茅斯

灵动的脖子，优雅的头型；浓密的深棕色头发一束束成波浪形；小巧的双脚迈着轻盈的步子；裙子上有着漂亮的图案；眼睛清澈深邃；简言之，十分美丽可人：这就是范茜！迪克那颗躁动的心早就被她俘虏了。

场景是巴茅斯-利吉思玛丽大街的拐角，靠近国王塑像①。在这儿有一排房子，其中最后一座房子的白色的屋角垂直伸进一片平静的成海湾状的广阔水域，那里的水是从远处的海洋冲泄而来的咸水——今天在绿色和乳白色明亮的光泽中照得很亮。迪克和聪聪刚来到大街上，只见右侧，在一片明亮的水色的映衬下站着范茜·戴，她一转身认出了他。

迪克暂时停止了关于那封信的思考，心想她怎么来到了这儿，同时赶忙驱车往广场铁链靠近——马车有些失控，迫使两个推洗澡椅的人不得不挪了位置，他们刚换上崭新干净的衬衣和重新收拾过的服装准备为夏天大干一番，相应地迪克也差点儿被一个跟着烤面包车叽叽喳喳乱叫的毛头小男孩逼得挪动了位置，迪克眼不斜视，目视前方，既不往右看，也不往左看。他问她晚上是否要去梅尔斯托克。

---

① 即乔治三世的雕像，1810 年为纪念他登基五年而立。乔治三世在 1789 年至 1805 年间多次走访威茅斯（Weymouth），威茅斯由此成为水乡名镇。小说中的巴茅斯就是现实中的威茅斯。

“是的，我在等车。”她回答，也似乎不再思考那封信。

“我正好可以送你回去，你还可以节省半个小时。你愿意跟我走吗？”

正当范茜不置可否、六神无主的时候，迪克已经替她做了决定，他一语不发跳下车帮她登上了车。

范茜脸上突然泛起的红晕似乎逐渐淡化，成了一种恒久的颜色，终于，他们的眼睛相遇了。俩人都感到有些尴尬，这种尴尬是在形势所迫、一切本能行为都已得到表露的情况下才有的。迪克由于忙着驾车，所以对于这种别扭没范茜想得那么多，范茜无事可做，只感觉到他的存在，越发强烈地意识到这样一个事实——就这样接受他旁边的座位，等于她证实了他信上的说法。聪聪一路奔跑起伏跳跃，迪克在跳跃，无助的范茜无奈也在跳跃，她只感觉某种意义上她被俘获了，并被迫成了囚犯。

“非常感谢你的陪伴，戴小姐。”他说。这时他们经过了旧皇家酒店的两个半圆形的水湾，乔治三世国王陛下曾在这儿多次参加本郡居民举办的舞会。

对戴小姐来说，这句话毫无疑问也反映了迪克有同样的操控意识——一种他完全无辜的意识——听起来似有宽宏大量抚慰她这个囚徒的意思。

“我并不是为了因陪伴你而让你感激的乐趣来的。”她说。

这回答带有令人意想不到的无理态度，使年轻的杜威相当惊讶。同时人们或许可以观察到，当一个年轻姑娘对小伙子的殷勤话语报之以粗鲁的应答的时候，她的内心其实在满怀希望地为他申辩而并无他意。

之后两人都默不作声，直到他们离开了海滨，经过了装饰在路上的大约二十棵树。这条路从城镇向外通往卡斯特桥和梅尔斯托克。

“虽然我也并非为这个目的而来，但我本可以这样。”在驶到第二十一棵树的时候迪克说道。

“好了，杜威先生，无须调侃，因为弄错了，而且这并非我本意。”

迪克就像原来一直坐的那样重新调整了坐姿，一本正经地调整了一下表情，清了清嗓子。

“的确，任何人都会认为你是在生意上碰见我的，而且正要开始。”那女士倔强地说。

“是啊，他们会这样想。”

“嘿，你从来没有这样，我确信！”

他们之间的谈话就这样磕磕绊绊地开始了。他拐弯抹角，说话很兴奋，像一个爱上了一位女子并决心保留爱情带来的快乐兴致的人——

“哎，你目前过得怎么样，戴小姐？应该很快乐，我根本不怀疑。”

“不快乐，迪克，你是知道的。”

“快乐并不意味着穿漂亮衣服。”

“我没说快乐就是穿漂亮衣服。真了不起，你成了一个大学者了！"

"我发现这个春天在你身上发生了很多事情。"

"你发现了什么？"

"哦，没什么，我的意思是我听说了。"

"你听说了什么？"

"一位帅哥的名字，他有黄铜饰纽、红铜戒指、白锡表链，跟你的有些相似。就这么多。"

"这是有些令人不悦的夏纳先生的形象，你指的就是他！如你所知，饰纽是黄金的，表链是真银的；至于戒指，凭良心我不敢为此辩白，而且他只戴过一回。"

"他就是戴一百回，也不及这一回的一半值得炫耀。"

"得，他跟我没关系。"她淡定地说。

"跟我一样没关系吗？"

"哎呀，杜威先生，"范茜很严厉地说，"当然了，他和你一样对我来说都无所谓！"

"他没我重要吗？"

她目光旁视，考虑这个问题的明确范围。"我无法给出确切的答复。"她温柔而调皮地回答道。

他们走得很慢，另一辆轻便弹簧轮车颠簸着超过了他们，那车上坐着一个农场主、农场主的妻子和农场主的雇工。农场主妻子和雇工好奇地看着这一对男女，农场主的目光始终没有离开过马尾。

"你为什么不能给出确切答复？"迪克问，一边催促聪聪加快了步伐，紧跟着那仨人。

由于没有回答，眼睛也无事可做，两人都在思忖着呈现在眼前的那幅画，注意到农场主的妻子平平地坐在两个男人之间，为了给她腾地儿，那两人紧挂在座位两端，几乎要坐到两只轮子上了；迪克和范茜还注意到，那位妻子的丝袍随着马儿的每一次跳跃在两肩之间像气球一样鼓起来又瘪下去。农场主的妻子感觉到他们的眼睛在背后盯着她，所以回头看了一眼。迪克只好放慢速度，与其保持十码远的距离。

“范茜，你为什么不回答?”他又问。

“因为我在乎你的程度取决于你在乎我的程度。”她口气低调地说道。

“我在乎你的一切。”迪克说，同时把手伸向她的手，目光专注地凝视着对方脸颊上面弯曲的地方。

“听着，理查德·杜威，不要碰我！我并没有说你对我的看法影响到这个问题——也许是倒着来的，你明白吗？先生，请不要碰我！快瞧！天哪，别，迪克!”

迪克从右侧回头一望发现，造成她突然惊觉的原来是出现得很不是时候的一辆空木材车，车上坐着四个走乡串户挣日薪的木匠。他们懒洋洋地卧在车里，眼睛朝上，以不同的角度观察周围的世界，他们存在的主要目的显然是入木三分地评论每一个出现在他们视野中的活物。甩开木材车就可以解决这个难题，迪克策马扬鞭，督促马儿加速奔跑，直到从一层尘雾中判断出木材车和木匠开始很模糊为止。这层尘雾伴着他们的车轮，升起来像云雾一样笼罩在他们头顶。

“说你爱我，范茜。”

“不，迪克，当然不，还不到时候。”

“为什么，范茜？”

“目前还是‘戴小姐’的好——我这么说你别介意。我也不该叫你迪克。”

“没有道理！就在你知道在这世界上为了你的爱我愿意做任何事的时候。嘿，你让任何人都以为爱情是一件只因一个怪念即可做也可不做的事，一件即可穿上也可脱掉的衣服。”

“不，不，我没有这样，”她温柔地说，“可是有些事情提醒我不该毫无克制地老考虑你，即使——”

“可是你想这样，不是吗？是的，说你想，最好实事求是。女性有权掩盖自己的真实情感，假装不存在爱情，诸如此类的事情，关于这个话题无论人们说什么，终归不是上策。我确实懂这个，范茜。在爱情以及她日常所关心的事情方面，诚实的女人光明亮丽，也最让人长久怀恋。”

“这样说吧，迪克，也许，我确实有点儿爱你，”她温柔地轻声说道，“可是我希望你不要再说什么。”

“如果你不喜欢的话，那么我不再多说，亲爱的。可是你确实有点儿爱我，不是吗？”

“你不应该要我把这些话说两遍，我没得说了，这下你该满意了吧。”

“不管咋说我可以叫你范茜吗？这不会伤害你。”

“是的，可以。”

“那你也别再叫我杜威先生了吧？”

“好吧。”

第二章　继续赶路

心爱的姑娘承认了对自己的爱情，迪克因此精神振奋，春风得意，他用马鞭轻打聪聪。鞭子打在聪聪的脖子上，离耳朵不远的地方。马儿一时不知所措，做梦也想不到鞭子会抽得这么远，在这特殊的旅途中，鞭子从未超过腰部，聪聪甩了甩头，格外欢快地一路飞奔起来，身后一对年轻人也因此心情非常愉快。转了一个大弯后很快又赶上了那位农场主、他的雇工和袍子摆动不停的那位妻子，他们还在老样子慢跑。

“真烦人，那些人！在这儿又碰上他们了。”

“嗯，当然了。和我们一样，他们也有行路的权利。”

“是啊，不过如此不当一回事是很气人的。我想走一条专属自己的路。瞧他们慢腾腾的样子！”农场主的马车这时恰好走到了路面上的低洼处，车重重地颠簸了一下，车上的三人都向左点了一下头，等到马车从低洼处出来的时候，三人又向右点了一下头，然后继续像原先那样来回晃动着脊背。“路变宽的时候我们要超过他们。”

正当实现这个想法的时机似乎要出现的时候，他们听到了轻捷飞快的车轮声。刚一定神，一辆崭新的二轮轻便客车就嗖的一声飞驰而过。车身擦得干净明亮，车轮辐条在圆的一点位置上连续闪动着亮光，车上所有镶板像镜子一样闪烁着耀眼的光芒，使迪克和范茜觉得很刺眼。驾车人，也像是车主人，长得的确很英俊，他的同伴是夏纳。经过迪克和范茜的时候，两人都回头，大胆艳羡地盯着范茜的脸，直到要通过那位农场主时不得不当心驾驶才回头。当范茜还在被那二人注视的时候，迪克瞬间瞥了她一眼，然后又重新专注于驾车，脸色非常悲伤。

“为什么这么沉默?”过了一会儿她很在意地说。

“不为什么。”

“是的，真是，迪克。我禁不住想起刚才过去的那些人。”

“我很清楚。”

“看着好像我哪儿冒犯了你。我做错什么了?”

“说出来怕你不高兴。”

“最好说出来。”

“嗯，”迪克说，他渴望一吐为快，即便冒着得罪她的危险，“我在想恋爱中的你和恋爱中的我区别怎么就那么大。当那些人注视你的时候，你打心眼里彻底抛弃了我，而且——”

“你不能变本加厉地得罪我，把一切都说出来吧!”

“而且你脸上表现出了一种因迷住了他们而产生的快感。”

“别犯傻了，迪克！你很清楚我没有。”

迪克不相信地摇头，微笑了起来。

“迪克，*如果可能的话*①我一直相信拍马奉承——看来这是可能的。现在公开承认了弱点，可是我并没有意识到这点。”

---

① 原文为斜体。

迪克从她的表情判断她会坚持她的言论，因此出于善心勉强说了些让她能够搪塞的话。看到夏纳也使他记起了关于这个话题的另一茬事，这事一直使他最为烦恼，直到她的陪伴和话语淡化了这种可能。

“顺便问一下，范茜，你知道为什么我们的唱诗班要解散吗？”

“不知道，除非是梅伯先生希望我演奏风琴。”

“你知道你是怎样成为他的希望的吗？”

“这我可不知道。”

“夏纳先生身为教堂执事说服了牧师，牧师之前本来也就很愿意。我知道，夏纳想每个礼拜日都能看到你弹琴，快想疯了；我想他会为你翻乐谱，因为风琴要靠近他的长椅。不过——我知道你从未给过他希望吧？”

“一次也没有！”范茜郑重其事地说，眼睛里充满了真诚和严肃，“我确实不喜欢他，之前从来没听说他干这等事！我一直觉得我愿意在教堂演奏，可是我压根就没想要把你们和你们的唱诗班挤出去，我在被问起弹琴之事前也从未主动说过我会弹琴。你根本没有往这儿想，真没想，是不是？”

“我知道你没那样做，亲爱的。”

“还有，我丝毫没喜欢过他。”

“我知道你不喜欢他。”

巴茅斯和梅尔斯托克之间的距离有十或十一英里，离巴茅斯四英里处有个上好的客栈，名叫“轮船”，客栈前面有桅杆和桅杆顶部的横板。迪克每去此地总是习惯性地把旅途分成三段，来来回回总在这个客栈休息，根本不去麻烦巴茅斯的马厩，尤其像今天这样只是到镇上来送货。

迪克去客栈马厩喂马的时候，有人把范茜领进了一个小茶馆。面对客栈马夫和到处闲逛的庄稼汉脸上露出的意味十足的怪相，迪克努力装出一副不知情的样子，其实他心里很明白，他和范茜之间的任何感情都超出了赶车人只想送客回家的界限。他很快进入客栈，推开了范茜房间的门。

“迪克，你可知道，我突然发觉我在这里这样单独和你相处十分别扭。我想你最好别进来，别和我在一起。”

“这太让人扫兴了，亲爱的。”

“没错，是这样，我本希望你喝些茶，我也要喝，你一定很累了。”

“那么，好啊，让我和你喝茶呀。范茜，如果你还记得的话，以前我已经被拒绝过一次。”

“是，是，别介意！现在我这样似乎有些不太友好，可我也不知道该怎么办。”

“那么就按你说的办。”迪克开始退出，脸委屈地扭曲了一下，瞥了一眼，告别了惬意的茶具。

“迪克，你虽然嘴上那么说，可并不明白这其中的缘由，”她说，态度比原来更加严肃郑重，“你必须知道，即使我非常喜欢你，我还必须记住要保住我那份来之不易的工作。作为牧师手下的小学教师，如果我不管什么场合随便跟任何人亲密交谈的话，他会不高兴的。”

“可我并不是随便某个人啊！”迪克惊呼道。

“不，不，我的意思是跟年轻人，”她很婉转地说，“除非我真的和他订了婚准备要结婚。”

“说完了吧？那么，亲爱的，亲爱的，我们何不立刻订婚，反正我们一定会订婚，那我就坐下了！哎呀，这太易如反掌了！”

“啊！可我不愿意呢！咿，天哪，这叫什么事呀！”她结结巴巴地说道，脸一下子变得通红，“的确，看起来好像我故意提这个话题，有意指使你这么说的！”

“我们就这么干吧！我意思是订婚，”迪克说，“哎，范茜，你愿意做我的妻子吗？”

“你知道吗，迪克，回来的路上你那样不负责任地乱说，很不地道。”她一本正经地说，好像根本没听到迪克后面的话；不过精明的观察者就会注意到她的气息变化，当“妻子”这个词在迪克的嘴里话音刚落，她就开始轻轻地、默默地喘气，气息之间有短暂的间隙。

“我说什么了？”

“就是那些我企图勾引轻便客车上那些男人的话。”

“你当时就是那个样子，不管你是有意还是无意。哎，范茜，你真喜欢我吗？”

“真喜欢。”

“非常喜欢？”

“非常。”

“那么你愿意做我的妻子吗?”

她的心跳加快了，脸上的红晕随着思想的波动有增有减，时浓时淡，变化不一。迪克满怀期盼地看着她那两片娇美的红唇，期待着吐出他希望的话语。

“是的——如果父亲同意的话。”

迪克身体靠近她，缩紧双唇，撅了出去，好像打算吹奏世人皆知的最柔美的旋律。

“哦不!”范茜庄重地说道。

质朴的迪克往后稍微退了点儿。

“迪克，迪克，亲一下，然后立刻放手！——有人来了!”她轻声惊叫。

半小时后，迪克从客栈走出来，假如范茜的嘴唇真是红樱桃的话，迪克的嘴唇很可能也被重重地染成了红色。客栈老板这时正站在院子里。

“咻——咻！嘿——嘿，杜威师傅！嚯——嚯!”他笑了，让笑声逐渐轻轻地释放出来，以便在脱口时形成一股小小的响声，同时在迪克第五根肋骨下沉沉地拍了一下，“这可不行，拿生命保证，杜威师傅！为女乘客点茶，然后进去坐下一起喝，还竟然待了这么长时间!

“你果真都知道了?”迪克说，样子显然很吃惊，“是的，是的！哈——哈!”他以同样的手段回敬了老板一掌。

“嘿，咋回事？是，是的。哈——哈!”

“当然，你心里清楚!”

“是的，当然！可是——这是——我不明白。”

“是不是说——那姑娘和我之间?”迪克说着朝范茜在的那个房间的窗户点了点头。

“不，不是我!”客栈老板说，把眼睛转成了两个圆圈。

“你不要乱说啊!”

“一个字都不说，我发誓!”

“可是我笑的时候你也在笑。”

“嘿，那是因为我有同感。我笑的时候，你也笑了呀!”

“真的，你不知道？天哪——不知道!”

“我发誓我不知道!”

“哦，是的，”迪克说，语气流露出一种令人遗憾的惊讶，“我们订婚了，你看，我自然要照顾她。”

“当然了，当然了！我原不知情，我有点儿太随便了，希望你能原谅我，杜威先生。不过这也有点儿蹊跷；就在上礼拜五我还跟令尊比较亲近地谈了家事，后来你猜谁来了，不是别人，正是守林人戴先生，然后我们一起谈及家事；但是对此事谁都只字未提；他们和我相识太多年了，我还参加了你父亲的婚礼呢。这可不是我从老邻居身上希望看到的。”

“好嘞，告诉你实话吧，那时我还没告诉父亲订婚的事；实际上，当时还没定下来。”

“啊！事情是礼拜日定下来的。是呀，是呀，礼拜日是求婚的日子。咻——咻!”

“不，不是礼拜日定的。”

“这周放学后？嗯，好时间，很合适的时间。”

“哦不，不是那时候。”

“那么，我想是在今天路上走的时候？”

“一点儿也不对，我总不能在运货马车上订婚吧。”

“真浑——你早该爽快说出来，去它的什么时候！还好，今天是个好日子，希望下次来的时候就是一家人。”

范西按时被带出来，扶着上了车，新成未婚夫妻的姑娘小伙子爬上了陡峭的山坡，来到了山岭路段，消失在梅尔斯托克方向。

第三章　真心坦白

时值夏末的一个早晨，一个依然挂着露珠的早晨，这个时节，阴凉处的小草从不干枯。倒挂金钟和大丽花在十一点前还布满了小水珠和少许水分，在空气的每一次运动中不断变换着闪烁的色彩，像银色的小果子一样挂在嫩枝条上。园子里的蜘蛛线看起来又粗又光亮。在干燥的、阳光照晒的地方，过路人每踩一步，成群的长腿大蚊就会嗖地飞离草丛。

范茜·戴和她的朋友、车户的闺女苏珊·杜威就在这样的一个地方，拉下一大枝结满青苹果的树枝。自迪克和范茜从巴茅斯一起旅行起，时间已经过了三个月。这个期间，他们的爱情之旅在不断继续并焕发出勃然生机。就范茜而言，总要克服重重困难来经营这份爱情的发展，还需要施以足够的妙计来保守其秘密，从而给这爱的激情不断增添新鲜活力。然而不管范茜的这些努力是否有效，迪克的心始终像希望的那样愉悦。可是现在，范茜的天空却笼罩着阴云。

“她很富有——条件比我们任何一个都好，”苏珊·杜威说，“她父亲经营着一个面积五百公顷①的农场，但凡她稍微想想办法，就可以嫁个医生，或者副牧师，或者随便这样一类人。”

---

① 地积单位，1 公顷=1 万平方米。

“我想当迪克得知我不能去的情况下，他根本不该参加那个吉卜赛节舞会。”范茜心里不安地回答道。

“他不知道你不去，等知道的时候已经太晚了，无法拒绝人家的邀请。”苏珊说。

“她长得怎么样？给我说说。”

“咿，长得很标致，必须承认。”

“直接说说她吧，行吗！哎呀，求你就说说吧，苏珊。你说他跟她跳过几回舞？”

“一回。”

“我觉得你好像说过是两回？”

“我发誓我没说。”

“呀，我料定他还想去。”

“不，我觉得不会。她太想再跟他跳了，这我知道。人人都想和他跳，因为他人长得很帅，又精于追求之道。”

“哦，但愿如此！你说她的头是怎么梳的？”

“长长的卷发，她的头发是浅色的，自来卷，不需要用纸包：这正是她的迷人之处。”

“她企图把他夺走！是的，没错，她就有这个打算！要保住这份令人头痛的学校工作，我可不能留卷发！可是我偏要留，哪怕离开学校回家去也行，我才不在乎呢，我要留卷发！瞧，苏珊，就这样！她的头发有这么软，有这么长吗？”范茜从帽子下面的发髻上撤下一缕自己的头发，一直拽到肩膀处展示其长度，同时看着苏珊，想从对方的眼睛里捕捉她的看法。

“我想大概一样长。”杜威小姐说道。

范茜失望地停顿了一会儿。“但愿我的更亮些，像她的那样！”她接着心情沉重地说，“可她的头发没这么柔软，是吗？告诉我呀，说吧。”

“我不知道。”

范茜心不在焉地看远处正结伴飞过的一只黄蝴蝶和一只红黑色的蝴蝶，突然意识到迪克正朝花园方向走来。

“苏珊，迪克来了，我想是我们说他的缘故。”

“呀，那好，我要进屋了——你不需要我了。”苏珊很知趣地转身走了。

头脑简单的迪克进来了，他为她的缺席而遗憾地叹息。关于吉卜赛节舞会或聚餐，只怪他自己对范茜爱得太专一，结果好端端使自己失去了聚会应有的乐趣，和她那位情敌跳舞，他感到无聊透顶，真希望换个方式度过这个让人沉闷、平淡无聊、毫无收获的下午，可是她说什么也不相信。

范茜已做好了为情感考虑的计划。她要责备迪克吗？哦，不，不。“我遇到大麻烦了。”她说，忧郁的目光无助地俯瞰着树下的几个小苹果；然而敏锐的耳朵从她的声音中会听出一种试探性的口气，针对的是她那些话对迪克可能产生的效果。

“你有啥样的麻烦？说给我听听，”迪克很郑重地说，“宝贝儿，我会为你分担，我来帮你。”

“不，不，你不能！谁也不能！”

“为什么不能呢？你不该有烦恼，不管是什么。告诉我，亲爱的。”

“哦，它不是你想的那样！它很可怕，是我自己的罪过！”

“罪过，范茜！好像你会犯罪似的！我知道这是不可能的。”

“真的，真的！”这位年轻的姑娘说，伤心得有些狂乱，“我做错了，我真不想说这事！没有人会原谅我，谁也不会！尤其你最不会原谅！……我居然让自己——让自己——卖——”

“什么，——不会是卖弄风情吧！”他说，好像从外到内压抑着自己的情绪，“就在前天你还说一生都没卖弄过风情！”

“是的，我说过，这是个邪恶的经历！我让另一个人爱我，并且还……”

“天哪！唉，我会原谅你的，……是的，假如你是迫不得已的话，……是的，我会！”此刻迪克很忧郁地说道，“是你鼓励他干的？”

“哦，我不知道，是的……不。哦，我想是这样！”

“他是谁？”

一阵停顿。

“告诉我！”

“夏纳先生。”

苹果掉下来的声音打破一阵沉默，只听见迪克一声憋了好久的哀叹，范茜一声哽咽，他很严肃地说——

“全部说出来，每一个字！”

“他看着我，我也看着他，然后他说，‘你愿意让我教给你如何在小溪边这儿逮照莺吗?’我……很想学会抓照莺，你知道，我确实很想有一只照莺！我情不自禁！……就说，‘愿意!’然后他说，‘到这儿来。’我随后就跟着他来到了那条美丽的小河，接着他对我说，‘瞧，看好了我是怎么做的，然后你就知道了：我把粘鸟的胶抹到这个细树枝上，然后我到这儿，’他说，‘在灌木下藏起来。不久聪明的鸟先生就会飞过来落在那树枝上，扇动翅膀，你还没来得及说杰克①，鸟就到手了。’……杰克什么，哦，哦，哦，我忘了!”

“杰克·斯布赖特。”迪克冲破痛苦的阴云，垂头丧气地提示道。

“不，不是杰克·斯布赖特。”她呜咽地说。

“那么就是杰克·罗宾逊!”他带着不达目的决不罢休的那种人才有的坚定口气说道。

“对了，就是它！然后我手扶栏杆准备过桥，嗯，就这么多。”

“哎呀，这也没什么要紧嘛，”迪克有些埋怨但更多是快乐地说道，“不过我不明白这与夏纳有何干系，他要费周折教你做事。可是这似乎……这似乎确实没那么简单，其中必定另有隐情才使你这般害怕吧?”

他认真审视着范茜的眼睛。痛苦之极！一脸的负罪感。

---

① “before you can say Jack Robinson”是英语习语，意为快或迅速，汉语可翻译为“转眼”或“瞬间”。此用法可上溯到18世纪。

“好了，范茜，你没有把话彻底讲完！”迪克说，态度非常严肃，不是年轻人应有的那种。

“哦，不要说得那么残酷！我现在不敢给你讲！如果你刚才没那么严厉的话，我本打算全部告诉你，现在我又没勇气了！”

“来，亲爱的范茜，告诉我吧，快说吧！我会原谅的，绝对，天地可鉴，我绝对原谅你，无论我情愿不情愿。我太爱你了！”

“好吧，当我用手扶桥的时候，他碰了我的手……”

“流氓！”迪克咬牙切齿地说，把那个想象中的人磨成了粉末。

“然后他看着我，最后说，‘你爱上迪克·杜威了吗？’我回答说，‘可能是！’接着他说，‘那么但愿你没有爱他，因为我真心真意想娶你！’”

“简直是个无赖！想娶你！’迪克发出一声嘲讽的笑声，痛苦得浑身颤抖。突然记起他或许在擅做主张，私下结论。“我确信，除非你愿意嫁他，也许你还真愿意。”他说，语气中带有遇到船难的人所有的那种凄惨与冷漠。

“没有，确实没有！”她说着，她的啜泣声听起来开始有些好转。

“那么，好吧，”迪克说，逐渐恢复了理智，“你绕了这么一大圈子，把开头说得那么可怕，可结果却跟没事儿一样。我知道你为啥这样做，不就是吉卜赛节舞会的缘故嘛！”他转身离开她，坚定地走了五步，好像他厌烦了一个没良心的国家，其中就包括她本人。“你这样做是想让我嫉妒，我真受不了!”他扭头冲她甩过这些话，然后气呼呼地、有些傲慢地继续走着，好像要迫不及待地在那一瞬间走到英联邦最遥远的殖民地去。

“哦，哦，哦，迪克……迪克!”她哭了，像只宠物小羊羔一样快步跟在他身后，最终确实被吓怕了，“你这不是要我的命嘛！我冲动是不好……淘气得让人痛心，可这由不了我啊。原谅我吧，迪克！我一直很爱你。那几次你傻乎乎的，对我的态度似乎也不太好，我的情况跟你一样啊，迪克！即使不考虑跟他散步的事儿，还有比这更严重的。”

“哦，怎么回事儿?”迪克说，一改去殖民地的念头；实际上，又走向了另一个极端，站在那儿，落地生根，连家都不回了。

“嘿，这，”她说，拭去了一直准备夺眶而出的一波新泪，“这才是严重的部分。父亲已给夏纳先生发话，如果他能娶我，他会很中意这个女婿，他很赞成他追我!”

第四章　精心策划

“那是严重。”迪克说，与先前长时间的讲话相比更加理智。

事实上，吉尔弗雷根本不知道他女儿和迪克继续散步见面的事儿。当他隐约听到两人还有接触来往的迹象的时候，他郑重声明他要慎重考虑此事，在这之前不允许任何此等事情发生。对此声明不知姑娘怎么想，迪克觉得很荒唐，但也没辙，这样这对恋人只好小心谨慎，尽量不让人在公共场合看见他们在一起。可是后来吉尔弗雷竟然忘了警告，根本没有考虑此事。如此一来，随着时间的流逝，夏纳先生在吉尔弗雷的头脑中又恢复了原来的位置。甚至夏纳本人也开始相信迪克对于范茜已经不存在了，——虽然这个非常随和的人本身还没有为自己采取什么积极的行动。

“父亲不但对夏纳先生那样说了，”范茜接着说，“还写信给我，要我方便的话，鼓励一下夏纳先生！”

“我这就去见你父亲！”迪克说着激情有力地朝南走了两三步，想起戴先生住在北面，又折了回来。

“我想最好我们一起去见他。别告诉他你去的缘由，别透露任何信息，直到他开始对你有好感，这样就可以通过内心的情感来争取他思想上的认可，这是人们惯用的应付人的办法。我的意思是，我礼拜六回家帮他们收蜂蜜。你可以来找我，吃点儿东西，喝点儿茶水，让他自己猜你来的意图，你别多言。”

“就这么办吧，亲爱的。可是我应该直率坦诚地求他允许你嫁给我，而不该等他猜出来才是。”然后这位情郎走近他的恋人，试图轻吻她的面颊，可是因她一时冲动突然转头，嘴唇落在了她脑后的头发上，“好的，我要穿我那件第二好的衣服，干净的衬衫，领子要干净，就像礼拜日那样把鞋子刷黑。你看，形象会很不错的，开头很重要。”

“你不会穿那件旧背心的，是吧，迪克？”

“上帝保佑，不会的！为什么我……”

“这并不是我个人的意见，亲爱的迪克，”她说，担心会伤了他的情感，“那件背心很不错，不过我的意思是，对已经定亲了的人来说它是很好，但对于，”（她停下，不说了，羞得满脸通红，然后又继续道）“对于才要去求亲的人来说不太合适。”

“不会的，我要穿我冬天穿的最漂亮的那件，镶着皮里的，我妈亲手做的。这件背心的衬里很漂亮，很精致，是的，是人们见过的最漂亮的。实际上，前几天我就解开纽扣给一个人看了，他夸赞说这是一件在国王本人身上才能见到的最结实、最好看的衬里。”

“我却不知道该穿什么。”她说，好像她平日里唯独不太注重穿着，此刻害得她迟迟没有注意到这么重要的一项。

“嘿，就穿上礼拜你穿过的蓝色的那件。”

“脖子的那个地方不太合适，不能穿。”

“可我并不在乎啊。”

“是，你不在意。”

“嘿，这不就好了。因为女为悦己者容，你只在乎你在我眼里的样子，是吧，亲爱的？我只为你打扮，那是肯定的。”

“你说得对，可是你瞧，我再穿上它就不会那么好看了。”

“我想，路上你遇到的陌生人可能会注意到它的样式。范茜，恋爱中的男人是不太在乎他们在别的女人眼中的形象的。”听这话很难说清充斥在迪克话里的，是嘲弄的玩笑，还是轻微的责备。

“好了，别说了，迪克，”她很幽默坦率地说，“我相信。我是不想让陌生人看到我穿得寒碜的样子，即使我在热恋中。我想这是女人的天性。”

“你这个完美女人！”

“是的，假如你强调‘女人’的话。”她小声嘟囔着，看着一簇盛开的蜀葵。蜀葵四周围着一群蝴蝶，像是一群围在软帽店周围闲逛的女人。

“不过裙子的话，干吗不穿你在我们圣诞聚会上穿的那件呢？”

“那件样子很好看，可是住在我家附近的有个叫贝特·陶乐的女孩也有一件几乎一模一样的裙子（只是款式一样，布料却很廉价），因此，我不能穿那件。亲爱的，这样我恐怕去不成了。”

“哦能去，你必须去。我知道你一定能！”迪克满心惶恐地说道，“为啥不穿你身上穿的这件呢？”

“什么！这件旧的！总之，我想礼拜六穿灰色的，这样礼拜日就可以穿蓝色的。好嘞，就这么定了。戴圆帽呢，还是软帽呢？戴哪个更好看？”

“嗯，我想软帽更好，显得更娴静，更有淑女气。”

“圆帽为什么不好？戴了显老气？”

“哦不，圆帽也很不错，可是戴上它让你看起来过于……我说出来你不会介意吧，亲爱的？”

“哪里话，绝对不会，因为我要戴软帽。”

“……对于已经订了婚的年轻姑娘来说，那太风骚浮浪。”

她思忖了一会儿说：“是的，是的。话说回来，圆帽还是最合适，圆帽最好，你瞧。好嘞，我必须戴圆帽，亲爱的迪克儿，因为我应该戴圆帽，这你知道。”

第四部　秋

第一章　采摘坚果

迪克身穿第二好的那套衣服，脸上洋溢着快乐，冲进了范茜的起居室。

时间是礼拜五两点整，是她计划拜访她父亲的前一天。由于要打扫学校，除了礼拜六常规假日外，学生们这个礼拜五下午也放假休息。

“范茜！真巧，可以和你消磨这悠闲的半天。聪聪靠近前蹄处有伤，瘸了，这样我啥也干不成，于是我决定休息半天，来找你一起去采坚果！”

她坐在客厅窗口，蓝色的连衣裙从膝盖处耷拉下来，手拿一把剪刀。

“采坚果！好是好，不过大概一小时内我恐怕去不了。”

“为啥不能去？这可是几个礼拜来唯一一个我们能够在一起的下午。”

“我打算礼拜日在雅尔伯里穿这件裙子，可我最终发现很不合适，我得稍稍修改一下。当时我叫裁缝按我给她的式样做，可她却按她的做法做了，弄得我看起来很可笑。”

“那得多长时间啊？”他问道，看起来很失望。

“不长。你就坐下来跟我说说话。来吧，坐下嘛，亲爱的。”

迪克坐下了，范茜边剪边缝，两个人话说得很投机。一直到了大约两点半，这时他用来时从树林里砍的一根拐杖轻轻地敲打脚趾，谈话也随之开始发生了转变。范茜一边聊着，一边回复他，可是有时却是心不在焉的答非所问，很明显，她的心思主要还是在怀里的那件蓝衣服上。

三点了。迪克从座位上站起来，背着手在屋子里走了一圈，仔细端详着所有的家具，接着在风琴上拨弄出几个音，又翻看了他能找到的所有书籍，然后用手抚摸着范茜的头。可是剪裁和缝纫还在进行。

四点了。迪克烦躁地四处转悠，私下里打着哈欠；数木桌上的节子，这会儿开始公开打哈欠了；又数了数天花板上的苍蝇，哈欠打得更起劲了；一会儿又走进了厨房和洗碗室，仔细研究了水泵的结构原理，几乎可以就这个话题做一次演讲。之后他又回头走到范茜跟前，见针线活还没干完，于是干脆就来到她的花园看她种的白菜和土豆，提醒自己这些蔬菜在他看来都带有绝对女性的样貌；然后拔去了几株杂草，转身又进了屋子。这时五点的钟声敲响了，剪裁和缝纫还在继续。

迪克试图打死一只苍蝇；他又剥掉了拐棍上的皮，然后把它扔进了洗碗室，因为棍子被弄坏了；他还在风琴上弹出了令人厌恶的噪音，碰巧又不小心打翻了花瓶，花瓶里的水像小溪一样流满了桌子并淌到了地板上，形成了一个小湖；过了几分钟，迪克开始用脚精心修饰其形状，最终使它看起来像英格兰和威尔士地图。

“行了，迪克，你大可不必搞得这样乱七八糟。”

“是呀，我想没必要这样。”他走向那件蓝色连衣裙，眼睛直勾勾地盯着它，然后脑海中似乎闪过一个念头。

“范茜。”

“怎么了?”

“我原以为你说明天去雅尔伯里的时候一整天都要穿灰色长袍，晚上也穿，那时我和你在一起，我要向你父亲求亲。”

“我就是要那样穿。”

“仅在礼拜日穿蓝色的这件吗?”

“礼拜日穿蓝色的。”

“呀，亲爱的，礼拜日我就没法在雅尔伯里见到它了。”

“是呀，不过下午我要和父亲一起走着去朗普德尔教堂，那儿好多人会看到我，你明白，以前裙子脖领那儿的样子确实很难看。”

“我倒没注意过，看样子别人也不会。”

“别人会注意的。”

“那么礼拜日为啥不穿灰色的那件呢？那件和蓝色的一样漂亮。”

“穿灰色的当然也可以，可是它不太好，它的价格还不及这件的一半，再者说了，这跟礼拜六穿的一样了。”

“那就穿有条形图案的那件，亲爱的。”

“我可能会穿的。”

“要么深色的那件。”

“行，也许要穿，可我想穿件别人没见过的、颜色鲜亮点儿的。”

“明白了，明白了。”迪克说，声音中格外强调的语气显然扭曲了其中的爱意缠绵。同时，他的思想在如此驰骋：“我，如她所言，这世界上她最爱的男人，应该明白我就要失去那可怜的半天假期，就因为她想在礼拜日穿一件根本不需要穿的衣服，事实上，其目的很简单，就是为了在朗普德尔的年轻人眼里看起来比平常更迷人罢了，而且我并不在那儿。”

“有三件衣服在我看来很不错，可对朗普德尔的青年来说，哪一件都不够好。”他说。

“不，不完全是这样，迪克。你也清楚，我的确希望让他们看着我很俊俏，说实在的，就是这样！不过再用不了多少时间了。”

“多少？”

“一刻钟。”

“很好，我一刻钟后再进来。”

“干吗要走开？”

“我还是走开的好。”

他出门，沿路走下去，坐在一个大门上。在这里，他苦思冥想，越想越恼火，心里越发明确他的时间已经被范茜·戴小姐毫无意义地耗费掉了，她远不是那个一再庄重地向他保证不曾有过心上人的人，且不说她是个风骚的人的话，至少也是不断有羡慕者的女人；一个过于注重穿着的姑娘；一个虽然热情但感情并不深沉的姑娘；一位过于在乎自己在别的男人眼里的形象的姑娘。“在这世界上她最爱的，”他想，初步带有他父亲那样的冷峻的味道，“是她的头发和容貌，接下来是她的衣服和帽子；其次可能才轮到我本人!”

迪克由于心上人对他的不忠和他对心上人的严苛，内心遭受了极其痛苦的煎熬，然而乐意执着于这种痛苦，于是脑海中闪过一个残酷得可怕的想法。一刻钟末了的时候，他不打算像他承诺的那样去找她！对了，这是她活该受的惩罚。尽管这个下午的最佳时间已经浪费了，但他还是像原先打算的那样去采坚果，便独自走了。

他翻越了那道门，沿小道走了近两英里，一直来到一条叫“蜗牛爬”的弯弯曲曲的小道，顺着小道爬上山坡，从一个像兔子窝一样的小坑钻进了榛树林。他陷了下去，消失在了树丛中，不久地上就完全没有了他存在的迹象，仅剩下从格雷林不同地点偶尔传来的大树枝的沙沙声和小树枝被折断的啪啪声。

人们从来都没有像迪克那天下午那样采过坚果。他像船役囚犯一般拼命采摘。半小时过去了，又半小时过去了，他仍然不停地采啊采。终于，在日落时分，已无法分清串串果子和滋养它们的叶子时，他肩扛着袋子——里面足足有两配克[1]这林中产的上好的坚果，可对他来说，其价值犹如两配克马路上捡的石头——在林地小道上晃悠着走，穿过了公路，走上了回家的小路，边走边吹口哨。

---

① 容量单位，等于2加仑。

也许范茜·戴小姐不管以前还是今后在他心目中的形象，都没有那个下午那么矮小过。事实上，如果再有几件为朗普德尔的青年准备的蓝衣服的话，就可以让迪克的头脑彻底清醒，使他再次成为一个无拘无束的自由人①。

可是恰恰就在此时此刻，爱神维纳斯却有意改变了事情的发展方向。迪克一直沿着那条杜鹃道走着，在前方大约五十码处出现了一个小山脊，这个小山脊在天空的映衬下明显隆起。在这里，在地平线明亮的余光中，他发现有个形状并不规则的东西。刚开始他以为是伸出来的大枝丫，接着发现它似乎在动，再往前走了点儿，才看清楚了，确定无疑，原来那是个大活人，坐在路边上，两手捧着头。路边杂草丛生，那人根本无法听见迪克的脚步声，直到迪克走得很近，那人才认出了他。那人一跃而起，迪克和她面对面碰了个正着——那人原来是范茜。

“迪克，迪克！哦，是你吧，迪克！”

“是我，范茜。”迪克说，语气中充满了强烈的内疚感，随手放下了坚果。

她把包袱扔到了草丛，跑上前去，小小的脑袋扑到了迪克的怀里，然后开始絮叨，这种絮叨时而被一种歇斯底里的哭泣所打断，情感相当强烈，在整个爱情史上都绝无仅有。

“哦，迪克，”她大声哽咽，“你离开我上哪儿去了？哦，

---

① 指没有婚约的单身男女，这里暗指迪克想与范茜解除婚约。

我心里很痛，心想你再不来了！太残忍了，迪克。不，不残忍，是公正的！我走啊走，走了好远的路，在格雷林来回转悠，就想找到你，最后我实在累了，筋疲力尽，再也走不动了，只好往回走了这么远！哦，迪克，你一走，我就想我得罪了你，然后就放下了衣服。这会儿还没缝好，绝对缝不完了，礼拜日只好穿一件旧的！是的，迪克，我会的，因为你不在身边的时候，我不在乎穿什么……啊，你以为我会计较，不会的！我跟在你后面跑，见你走在蜗牛爬小道上，一次都没有回头看，接着你掉坑里了，那时我还在你后面，可我落得太远。哦，多么希望砍掉那些讨厌的灌木，我好再次见到你可爱的身影！然后我就大声喊你，结果无人回应，我又不敢声音太大，害怕别人听见。然后我继续四处转了又转，太可怕了，太痛苦了，迪克。然后我闭上眼睛，恍恍惚惚，仿佛见你在注视别的女人，很漂亮，很俊美，可她内心却既无情感，也毫无真诚，接着想象到你在自言自语，‘啊，她和范茜一样好，因为范茜对我编故事撒谎，她是个水性杨花的女人，爱她自己胜过爱我，所以我还是把这位当成我的心上人吧。’哦，你不会的，不会吧，迪克，因为我那样爱你！”

毋庸赘言，迪克此时此地放弃了自由，对范茜吻了十次，发誓范茜以上所提到的任何美女都无法让他动心。简言之，尽管他曾生她的气，但现在已烟消云散，他不计前嫌，从今往后乃至永远，范茜就是他生命中唯一的女人，除非他死去。

然后两人准备回家。因为范茜很累，所以走得很慢，她倚在他的肩膀上，他还用胳膊搂着她的腰，支撑着她。他一直搀着她，尽管走到后半段路的时候，她已经从绝望中充分恢复了，可以为他唱“你为何在此游荡？我祈祷”了。也无须详细描述他们怎么忘记了那袋坚果，直到三天后才有人在黑莓丛中找到，把空袋子还给了杜威夫人，她名字的首字母在袋子上用红棉花做了标记。她的饭袋究竟怎样到了杜鹃道呢？她绞尽脑汁，苦思冥想，百思不得其解。

第二章　采蜂蜜及其后续

礼拜六晚上，只见迪克·杜威按照和范茜的计划，走在去雅尔伯里林的路上。

因为地形凹陷，落日时分的一切突然笼罩在暗影中，像披上了一件黑色的长袍。天色在迪克到达前早就由落日成了黄昏，他接下来穿越树林的时候，不时有栖息在小路上方的小鸟惊恐地扇动翅膀。在穿过林间空地的时候，白天山上形成的大团干热空气和从山谷飘过来的潮湿的夜晚空气轮番亲吻着他的脸颊。他来到了守林人的家，这儿前面的草地和花园在黑压压的树林的映衬下显得惨白发亮。他走出树林，在花园大门口驻足。

他刚到那儿，就见一个队列从他前面的小门向前走去。这个队列包括以下诸人，首先是捕猎人艾诺克，肩上扛着一把铁锨，手上提着一盏灯笼；后面是戴夫人，灯笼的光中只见她怀里抱着一些大约一英尺长的奇怪的东西，看样子像拉丁十字架一样（由板条和在硫黄中蘸过的褐色纸制成——被蜜蜂主人叫作火柴）；接下来是戴小姐，头上戴着头巾；最后，在阴暗处走着的是弗雷德里克·夏纳。

迪克见夏纳在感到很惊讶，因此有些不知所措，然后隐退到一棵树下定了定神。

“我在这儿呢，艾诺克。”只听见有个声音说道。队列继续向前走着，灯笼的光照在小路前方的吉尔弗雷的身上，只见他站在一排蜂箱旁边等着他们来。他从艾诺克手中拿过铁锨，接着在蜂箱旁的地上挖了两个坑，除了戴夫人，其他人站成了一个圆圈，戴夫人把火柴架在一棵苹果树的树杈上，转身回了屋。正对着身体中央的灯笼照亮了前方其余的人，他们的影子从各自方向射出，宛若车轮上的辐条。由于夏纳在，范茜看起来有些不自在。在这些人聚拢的过程中无人作声，其间安排好了执行死刑的准备工作，火柴收拾停当，点燃了火刑柱，把两个蜂箱放到了两个坑上，周围堵上了土。之后，吉尔弗雷站直身体，站得很直，意在挖坑后伸直脊背。

“它们是特殊的一家。”夏纳先生说，就蜂箱认真思考着。

吉尔弗雷点点头表示赞同。

“那些坑将成为几千个蜜蜂的坟墓!”范茜说，“我想这可是一次相当残忍的行动。”

她父亲摇摇头。“不，”他说，轻轻拍打蜂箱想把死蜂从窝里抖下来，“倘若这样憋死它们，它们只会死一回。倘若用新办法熏死它们，它们会再活过来，然后饿死。如此一来，它们就会遭受两次死亡的疼痛。”

“我还是赞成范茜的看法。”夏纳先生说，轻轻地笑了一下。

“采蜜的妥当方法当然是蜜蜂既不要被饿死又不要被谋杀，是件让人难以理解的事。”守林人很沉稳地说道。

“我干脆就不取蜜。”范茜说。

“可这是钱啊，”艾诺克思索了一番说，“没有钱人活得就像影子！”

灯笼的光干扰了许多从几天前毁坏的蜂箱中逃出来的蜜蜂，它们因饱受折磨而丧心病狂，像伺机行窃者一样逗留在其他蜂箱口附近。有几只在吉尔弗雷的头和脖子周围盘旋，然后发出愤怒的嗡嗡声，对他发起了快速攻击。

艾诺克扔下灯笼跑开了，把头伸进了附近的灌木丛；范茜急忙沿小路跑开了；夏纳先生一时不知所措，慌乱地跌跌撞撞地躲进了白菜地。吉尔弗雷却坚守阵地，毫不动摇，坚若磐石。之后，范茜第一个回到了原地，紧接着艾诺克也重新捡起了灯笼。夏纳先生却仍不见踪影。

“那些个刺儿头叮坏你了吗？”艾诺克问吉尔弗雷。

“没事，没咋叮——只有少许几处，”他不慌不忙神色严肃地说，从衬衣袖子中抖掉了一只，从头发上拉下来了一只，从脖子上又拍掉了两三只。在整个过程中，其余人都抱着一种因置身其外而庆幸的态度旁观事态——好比邻国在观望一个内讧的欧洲国家一样。

“就这么多吧，父亲？”范茜在吉尔弗雷打掉了五只蜜蜂的时候问道。

“几乎是全部，我感觉还有一两只钻进了肩膀和腰部。啊！还有一只在脊背上呢。你们这些该死的顽皮的小东西，怎么钻进来的？不过，它们再不能多次叮我了，可怜的家伙，因为它们一定会很虚弱。我想它们可能在我身上要一直待到睡觉的时候。”

吉尔弗雷本人是唯一一个受到本次计划影响的人，因此这样的结果似乎很令人满意。这时传来了在白菜地里跌跌绊绊地行走时脚与白菜磕磕碰碰的声音，接着听到了黑暗中从那个方向传来的夏纳先生的声音。

“现在很安全了吗？”

对这声询问无人回应，所以他想着他需要冒险前行，然后又一次逐渐向灯笼靠近。此时蜂箱已经从坑上方的位置挪开了，一只交给艾诺克拿进屋里，另一只由吉尔弗雷亲自拿着。

“把灯笼拿到这儿来，范茜，铁锨可以留着。”

吉尔弗雷和艾诺克向房子走去，剩下夏纳和范茜在花园场地上肩并肩地站着。

“让我来。”夏纳说。他俯下身去拿灯笼，结果和范茜同时抓住了灯笼。

“我能拿。”范茜说，很谨慎地压制了一切嬉闹的倾向。自从上次向迪克哭诉了捉鸟的冒险行动后，她认真考虑了这个问题，最终认为，她作为一个已有婚约的女子，继续和男人眉来眼去、动手动脚是不成体统的。发现夏纳仍然握着灯笼，她就主动放弃了，可是夏纳见范茜抓着没放手也松手了。结果灯笼掉到了地上，熄灭了。范茜继续往前走。

“路在哪儿？”夏纳先生问道。

“在这儿，”范茜回答，“过一两分钟，眼睛就会适应黑暗的。”

“适应前能借只手给我吗？”

范茜把指尖伸了过去，他们走出那块场地来到了小路上。

“你对别人的殷勤很拘束。”

“那要看是谁献的。”

“比如，像我这样的人。”

死一样的沉默。

“喂，小姐，你怎么说？”

“这还要看献殷勤的方式。”

“不是粗野地，也不是无所谓地；不是刻意地，也不是出于巧合；既不太快，也不太慢，怎么样？”

“那么究竟怎样？”范茜问道。

“冷静而又实际，”他说，“怎样看待这种爱呢？”

“既不迫不及待，也不冷漠淡然；既不脸红害臊，也不苍白麻木；既不虔诚，也不邪恶。”

“嘿，那是啥样的？”

“什么都不是。”

吉尔弗雷·戴的储藏室在住房的后面，里面挂着几串风干了的苦薄荷、薄荷和鼠尾草；棕色纸袋装的是百里香和薰衣草；还有好几长串用绳串的干净洋葱。货物架上摊放着红色和黄色的大苹果，以及精心挑选的来年当种子的早土豆，普通的土豆堆放在下面。几个空蜂箱集中挂在墙角的一个钉子上，下面放着两三个酒桶，里面装着由头茬摘的苹果酿制的新苹果酒，每只桶都咕咚冒泡，从还在敞开着的桶口处喷射酒液。

范茜跪在那两只倒放着的蜂箱旁，其中一只就放在她的膝盖上，以便处理里面的东西。她把袖子挽到胳膊肘上面，粉嫩的小手从白色的巢框之间沿边伸进蜂箱，动作非常轻巧熟练，以防撕烂哪怕一个蜂窝。然后她通过轻轻来回摇动，从蜂箱顶部取下层层蜂巢，提起每一片放到一个蓝色的大盘子里，这个盘子就放在她身边的长凳上。

“这些小家伙真麻烦!”吉尔弗雷说，他把灯拿到了她跟前，这时他的脊背很不舒服地扭动了一下，“我想我还是进屋把它们取出来，可怜的东西！因为它们不让我消停。这会儿就有两只使出浑身的劲儿在叮我。相信它们的力气也只能撑这么久了。”

“那好，朋友，你去，我拿蜡烛。”夏纳先生说着，从容地拿过蜡烛，并且让吉尔弗雷离开，吉尔弗雷像平常那样跨着大步走开了。

他刚走到门口，就听到了另外一人走近外屋的脚步声，只见门孔出现了一个指尖，这指尖抬起了木头门闩，随后迪克·杜威进来了。他这么长时间一直在树林里来回徘徊，等夏纳离开，结果徒劳。

范茜抬头，招呼他，但神色困惑。夏纳把灯柱握得更紧了，生怕这样默不作声的举动无法用足够的力量让迪克明白他很自在爽快，他所向无敌地唱了起来——

“‘亚瑟王有三子。’”

“你父亲在这吗?”迪克问。

“我想在屋里。”范茜回答，很愉快地看着他。

迪克审度情势，似乎没有即刻离开的意思。夏纳继续唱道——

“‘池塘淹死了磨坊主，
织布房吊死了织布匠，
魔鬼——和小裁缝逃走了，
腋下还夹着绒面呢。’”

“如果这就是你的歌的话，这确实是一首很糟糕的烂曲子!”迪克说，听口气有点儿自大霸气。

“你冲我抱怨这曲子没用!”夏纳先生说，“你应该去找作曲子的那个人。”

范茜这时已找回了自信。

“尝一点儿，杜威先生，”她说，拿起最后一层上一个小圆柱状的蜂巢，仍旧跪着，突然回头凝视着他的脸，“然后我也要尝一点儿。”

“如果你愿意的话，我也来点儿。”夏纳先生说。然而这位农场主看起来很有优越感，好像鉴于他身份的重要性，他几乎很难融入这样的调情嬉闹之中。从范茜手中拿到蜂巢后，他把它放在手里翻来转去，直到蜂巢开始破碎，液体蜂蜜从指间成细线状往下淌。

突然范茜的一声轻叫引起他们对她的注意。

“咋回事，亲爱的?”迪克问道。

“没什么，哦——哦！我的嘴里面被一只蜜蜂叮了一下！他藏在我吃的蜂巢里！”

“我们必须消肿，否则就严重了！”夏纳说，走上前去跪在她身边，“让我看看。”

“别，别！”

“那让我看看吧。”迪克说，跪在范茜的另一侧。犹豫了一阵后，她用一个手指按下嘴皮给他们看被叮的地方。“哦，但愿很快好起来！一般的地方叮一下倒也无妨，叮在嘴皮上那就很糟糕了。”她眼含泪水又补充了一句，由于疼痛，样子有点儿扭曲。

夏纳把蜡烛举过头顶，脸靠近了范茜的脸，好像嘴皮是专门给他看的似的。迪克也凑了过去，仿佛夏纳根本不存在似的。

“肿起来了。”迪克朝她的右侧说道。

“没肿起来。”夏纳冲她的左侧说道。

“嘴皮上叮了很危险吗?”范茜大声喊道，“我知道叮在舌头上是很危险的。”

“哦不，不危险！”迪克回答。

“相当危险。”夏纳同时回答道。

“我得想办法忍着！”范茜说，又转向蜂箱。

“鹿角油膏是最好的涂膏，戴小姐。”夏纳非常关心地提议。

“我发现甜油鹿角膏是治愈叮伤的良药，戴小姐。”迪克更加关心地建议。

“屋里有两样混调的，您能跑去给我取一下吗?”她说。

这下可热闹了。不管是出于无意，还是恶作剧般的有意，这里的“您”很含糊，于是迪克和夏纳宛如一对双胞胎杂技演员一样，忽然像弹簧那样跳起来，肩并肩地大步迈向门口；两人都抓住了门闩提了起来，然后以同样的姿势继续肩并肩大步流星地朝着住房走去。不仅如此，一进屋子，两人和先前一样，用力甩开橡木隔板的门，直奔戴夫人的椅子，碗橱上的一排排白镴制品如同铃铛一样晃动。

“戴夫人，范茜叮了嘴皮，叫您给我些鹿角油膏，求您了!”夏纳先生说，凑近了戴夫人的脸。

“哦，戴夫人，范茜叫我取些鹿角油膏，拜托了，因为她被叮了嘴皮!”迪克说，更加凑近了戴夫人的脸。

“哎呀，天哪！我想怎么说你们也没有理由吃我吧!”戴夫人说着身体往后退。

她在角柜里搜了一番，拿出瓶子，开始很细心地掸去塞子、边沿以及其他每一处的尘土，迪克和夏纳的手在一并等待。

“谁是头家?”戴夫人说，“听着，不许偷偷靠那么近。谁是头家?”

两人都不说话，不过瓶子向夏纳倾斜。夏纳作为上层阶级的人，丝毫没有因获胜而得意扬扬，拿着瓶子转身离开，恰好碰上吉尔弗雷从亚麻衣服中搜过了隐藏的蜜蜂后下楼来了。

“哦——是你，杜威师傅?”

迪克告诉守林人正是他，然后这位年轻人决定实施实现他最终目的的一个大胆举措，但却忽略了一点，如果此举失败了，那就意味着最糟糕的结局——牵扯他们的灾难性结果。

“戴先生，我专程来是特意和您说个事情。”他说，此刻夏纳正绕过门柱不见了，为了让夏纳先生听见，他以压倒一切之势有意加强了语气。

“嘿，我是迫不得已上楼脱衣服，去抖身上残留的蜜蜂，”吉尔弗雷边说边慢腾腾地朝敞开着的门走过去，站在了门槛上，“这些小王八蛋钻进了我的衬衣，一点儿也不老实。”

迪克随后进了门。

“我来跟您说句话，”他重复说，眼睛却望着外面从阴暗的山谷中慢慢升起的白茫茫的迷雾，“您或许能猜到是什么。”

守林人把手深深地伸进了口袋，迅速转动了一下眼珠，脚下站稳了，眼睛垂直往下看，好像他的视线是一条垂线，继而又沿着水平线看，收紧面部肌肉，使漫散在脸上的皱纹最终集中在眼睛周围。

“也许我不知道。”他回答道。

迪克什么也没说，只有附近树林里一只遭猫头鹰肆虐的小鸟打破了那死一般的沉寂，小鸟凄惨的叫声穿透了一阵沉默。

“我把帽子放在了楼上的屋子里，”吉尔弗雷说，“等着我上去拿。”

“我就在花园等。”迪克说。

他从一个边门进入了花园，吉尔弗雷上了楼。在梅尔斯托克和附近地方有这样一个习俗，愉快的事和一般的事在屋里谈，非常重要的事情留在花园里谈：这个习俗想必是出于这样的想法，当时每家只住一间屋子的情况下，在谈论要事时想避开家里的其他人就去花园，现在人们不再因住房小而烦恼，不过依然遵守着这个习俗。

黄昏的花园中出现了守林人头目的身影，迪克向他走去。那位年长者停下了脚步，倚在小路左面的猪圈的栏杆上，迪克的身体也同样靠在了栏杆上。两人仔细注视着一个影子发白模样的东西，它四处移动，并且在圈内草中哼哼作响。

“我是来求娶范茜的。”迪克说。

“但愿你没这样做。”

“这是为什么，戴先生。”

“因为我不得不说，你不能如愿，你很可能得不到你来求的东西。没别的事吗？”

“没有。”

“我实话告诉你吧，你来是一个愚蠢的选择。你知道她母亲是干什么的吗？”

“不知道。”

“她是一个有万顷良田的名门望族家的保育院的教师，她很愚蠢地嫁给了同样地位的守林人。我当时只是个看林子的，尽管现在我有许多别的营生，比如当我东家的管家，还经管木材生意和年度的伐木、砂石买卖等这样那样的事情。但是你以为范茜优雅的举止、伶俐的口才、音乐才能和书本上的知识，是在这样一个勉强称得上是家的窝穴里获得的吗?"

"不是的。"

"你知道在哪儿吗?"

"不知道。"

"这么说吧，她妈死后我游逛的时候，她跟着她姑妈住。她姑妈办了一所寄宿学校，后来嫁给了格林律师——一个绝顶聪明的人，学校也就停办了。然后范茜上了培训学校，是当年女王奖学金学员①中的第一名。这你知道吗?"

"我听说了。"

"考取政府教师资格证的时候，她成绩最高，名列一级榜首呢?"

"是的，我知道。"

"还有，其实凭我的收入大可不必过这样的日子，你知道为什么我要过如此节俭的生活，为什么我要让她当小学教师，而没让她住这儿吗?"

"不知道。"

"那是因为倘若有位绅士见她和他门当户对，想娶她为妻，她也愿意嫁给他的话，男方在钱财上也不至于比她优越。现在

---

① 即政府资助的师范实习生，哈代的妹妹凯特和《无名的裘德》中的淑·布莱赫德都是这种师范生。

知道这一切后，你想你还配得上她吗？”

“配不上。”

“那么晚安，杜威师傅。”

“晚安，戴先生。”

质朴的迪克舌头结结巴巴地回复了对方。他转身离开时心里在想，他太不求实际了，居然在追求一位从一开始就发现条件比他优越太多的女人，真是癞蛤蟆想吃天鹅肉。

第三章　雨中范茜

接下来的一幕是时隔一个月后的一个大雨滂沱的下午，人们发现范茜·戴正走在从她父亲家到梅尔斯托克的路上。

一块巨大的灰色云团笼罩着乡村，云团的下面，如波浪般的大片雨雾开始飘泄下来，有时浓厚，有时淡薄。田野和庄园里的树在气流急速穿过的时候像痛苦的人一样扭曲，平时很难被摇动的树干底部眼见被更强劲的大风撼动了，它所遭受的意想不到的痛苦看着让人心痛，那景象犹如一个壮汉在洒泪哭泣。低垂的树枝上下摆动；高大直挺的树枝来回摇晃；狂风肆虐，毫无规则，分成了多股气流，同一棵树邻近的枝条以独有的动作用力甩向天空，交叉在一起或扭结在一起。在开阔的地带飞舞着一群绿中带黄的树叶，它们离开自己的母亲树穿行了很长一段距离后，最终落到地面，倒扣在地上。

随着风雨不断加强，范茜软帽上的带子越发暴跳如雷般地抽打着她的下巴。一进梅尔斯托克巷，她暂时停下来定了定神，考虑她所处的位置以及离避雨地的距离。最近的房子是伊丽莎白·恩多菲尔德①家，在上梅尔斯托克，这家的农舍和花园离她正走着的这条路和那个小村子的交汇处不远。范茜急忙往前赶路，五分钟后进入了一个大门，她一开门，脚上便泼了

---

① 恩多菲尔德（Endorfield）这个名字出自《圣经·撒母耳记》中的地名隐多珥（Endor），扫罗（Saul）求助的女巫就住在此地。

大量雨水。

“进来，孩子！”范茜还没敲门，就听到一个声音惊叫道。如果早先不知道恩多菲尔德这个女人的听觉和视觉异常敏锐的话，这等机敏会使她大吃一惊。

范茜进去坐下了。伊丽莎白为丈夫的晚饭收拾土豆。

擦，擦，擦，然后一抛，咕咚一个溅水，土豆掉进了水桶。

这会儿，范茜无精打采地注视着这妇人擦洗土豆的过程，她开始重新考虑最让她心烦的一个老问题。自父亲和迪克见面后，这些日子她一直闷闷不乐。吉尔弗雷坚决反对迪克做他的女婿，这出乎她的意料。自那时起，她经常见到她的恋人，这是真的，而且就因为反对反而让她比想象的更加爱他——这也算是一种幸福。尽管爱本身就是一种结局，可是如果它要呈现一种纯粹的愉悦所具有的玫瑰色的话，就必须相信它是实现另一种结局的手段。范茜和迪克此时强烈否认这样的信念，他们已经束手无策了。

伊丽莎白·恩多菲尔德在女人中间有一个从本质而言介于美名荣耀和臭名昭著之间的名声。这不是无中生有、瞎编乱造，而是有据可依、有证可考的。这样的名声是建立在下列几项特征之上的：她精明敏锐；家很偏僻；从不上教堂；身披红色斗篷；室内也常戴软帽；下巴很尖。显然所有这些都具备了撒旦的特征，那些不爱思考的人就干脆直接叫她巫婆。可她并不枯瘦，上半个脸也不丑陋，举止也不古怪；因此，和她关系比较近的人谈起她时措辞还是比较温和的，在他们嘴里，她就成了精灵婆，她被用机敏诡异、老谋深算之类的词来描述。可以这样说，伊丽莎白属于这类嫌疑人：在年轻牧师管理下他们逐渐失去神秘色彩，但在格林汉姆先生长期的任职中，事实证明，梅尔斯托克是很容易出巫婆的教区。

正当范茜心中反复思考这些事儿，琢磨是否把自己的烦恼告诉伊丽莎白，并求她指点迷津摆脱烦恼的时候，巫婆开口了。

“你心里难受——很难受。”她突然说，随手把另一个土豆丢进了水桶。

范茜并未注意。

“就因为你的小伙子的缘故。”

范茜的脸唰一下红了。伊丽莎白好像能看穿她的思想，读懂她的心思。一点儿也不假，一个人几乎会相信她一定具有人们认定她有的一些个神通。

“父亲不赞成，唉咿？”说着又一个土豆洗好后掉进了水桶，“啊，这事我知道。小鸟告诉我人们做梦也想不到我会知道的事情。”

范茜对迪克绝望了，但机会出现了——哦，多么邪门的机会！希望这邪门机会有所帮助，不过善与爱比邻。

“希望您能告诉我怎样才能使他赞成此事？”她请求道。

“我马上就能办到。”巫婆很平静地说。

“真的吗？哦，真的。怎么样都行——我不在乎——只要能办成！我该怎么做，恩多菲尔德夫人？”

“这里没什么太奇妙的。”

“哎呀，究竟怎么做呢？”

“当然要利用巫术！”伊丽莎白说。

“不会吧！”范茜说道。

“是这样，我向你保证。你是不是听说了我是个巫婆？”

“哎呀，”范茜迟疑了，“我听人们这样叫你。”

“那你相信了吗？”

“我不能说我绝对相信，因为这实在太可怕、太邪恶了，但是现在，哦，我多么希望您有可能真是个巫婆！”

“我就是。我要告诉你怎样给你父亲施点儿巫术，让他同意你和迪克·杜威的婚事。”

“会伤害到他吗？可怜的人儿。”

“伤害谁呀？”

“父亲。”

“不会，这魔法是靠常识起作用的，你行为愚蠢就能破解咒语。”

范茜看起来十分迷惑，伊丽莎白接着念叨：

对丽兹的畏惧——无论何种——
形色各异，
其只凭伪装麻痹理智，
仅此而已。

“你必须这样做。”巫婆放下手中的刀和土豆，对着范茜的耳朵灌输了一长串详细的秘诀要领，狡黠地用眼角瞥了一下范茜的脸。随着巫婆的讲述，范茜的脸一阵晴一阵阴，心情一阵轻松一阵沉重。“好嘞，”伊丽莎白最后激动地说，一边弯腰去拿刀和另一个土豆，“就这么干，迟早你会得到他的，我的乖乖。”

“我一定会的！”范茜回道。

然后她又一次开始注意外面的世界。大雨还在不停地下，可是在说话当中，风力明显变弱了。她感觉伞能撑直了，于是把衣服上的兜帽又拉上去盖到软帽上，告别了巫婆，重新上路了。

第四章　巧施魔咒

恩多菲尔德夫人的建议被按期执行。“对不起，我得说你家闺女最近好像身体有些不对劲儿。”有天早晨一个梅尔斯托克的人对吉尔弗雷说。

“咋回事啊，不要紧吧?”吉尔弗雷不安地问道，随手把帽子往右挪了一下，“我不明白你说的。我见她的时候，她可根本没向我唠叨呢。”

“人家说她一点儿食欲也没有。”

那天下午，吉尔弗雷径直到了梅尔斯托克去了学校。范茜像平常那样招呼他，请他坐一会儿，和她一起喝茶。

“白天这个时间我不怎么喝茶。”他说，可是还是呆了一阵子。

在茶点的时间他仔细观察她。他惊讶地发现了这位健康的姑娘身上绝不曾有的如下变化——她只给自己切了很薄的一小块面包和黄油，搁在盘子里，整个茶点时间只是把那片面包撕成了碎片，仅吃了不到十分之一那么点儿。吉尔弗雷希望她能说说迪克的事，大声哭一场也就没事了，就像前几天花园会面之后她对反对迪克求婚的决定所表现的那样。可她这回一语不发，到时间吉尔弗雷又动身去了雅尔伯里林。

“但愿可怜的范茜小姐能保住学校的这份工作。”第二个礼拜在林子里铲蚂蚁山的时候，吉尔弗雷的手下艾诺克这样给吉尔弗雷说。

吉尔弗雷把铁锨插进土里，从衣袖上拨掉了七八只蚂蚁，弄死了正在耳朵上爬来爬去的另外一只蚂蚁，然后像平日里那样眼睛直盯着地面，等艾诺克继续往下说。“行啦，她为什么不能呢？”

“昨天面包匠告诉我，”艾诺克接着说，甩掉了一只正欢快地在他大腿上往上爬的蚂蚁，“上个月他给学校放的面包能饿死上帝三次创造的生物中的任何一只，不会有错。之后我在莫斯酒馆喝了一品脱淡麦酒，在那儿我又听到了许多。”

“你听到了什么呢？”

“原来她一个礼拜要吃一磅上好的黄油卷，这是很有规律的，从牛奶场老板瓦尔尼家取货，还要为帮忙的姑娘和她雇来的那妇人买差不多一样多的加盐咸黄油。可是如今倒好，同样多的黄油可以维持仨礼拜，就这么着，想必她还有可能不吃，放酸了扔掉。”

“收拾完蚂蚁，扛袋子直接回家。”

守林人拿过枪，夹在腋下，径直走了。他没有给狗打口哨，狗还是跟着他。那种姿态似乎在说，当主人家认真思索的时候，它们并不期待任何这样的关注。

礼拜六早晨范茜的便条捎来了。便条上说，让他不必麻烦按先前打算的那样送两三只兔子过来，因为她恐怕吃不了。就在当天过了一阵子，吉尔弗雷去了卡斯特桥，拜访给范茜提供鲜肉的屠户，通常肉钱记在父亲的账上。

“我来付我们那点儿账，海洛克老乡，顺便麻烦你给我看一下孩子的账目。”

海洛克先生在大块肉堆中转了大半个圈，面部表情显示他的注意力从肉转移到了钱。他走进了一个仅有一道门和一扇窗子的小办公室，精力很充沛地审查一个账本，这本子只有长度却无宽度，比较窄长，然后抓了一张纸，在上面画写了点儿东西，把账单递给了吉尔弗雷。

在商业史上，这很可能是第一次因为屠户账单上赊账太少反而使欠债人忧虑的特殊事例。“啊呀，这不会是她一整个月吃的吧！”

“每一块都记上了，”屠户解释说，“（听着，丹，把那只腿和肩膀给怀特夫人家送去，这十一磅送到马丁先生家）——最近您一直用小块腿肉犒劳她吧，我这么想，戴先生，是吗？”

“上个礼拜只送了两三只瘦小的兔子，我没记错的话——但愿我送了！”

“嗯，我老婆还告诉我——（丹！盘子上别放太多，一次别太多，最好还是去两回）——我老婆贴账目本时对我说，‘今年夏天天气这么炎热，我们都吃不消，看情况戴小姐肯定遭罪了，’她说，‘她一直瞒着我们想买约翰·格力麦特家的肉，你去看看她的账目。’当然，很少一点儿，在最佳时期，只买一人吃的，可现在几乎不买了。”

“我要打听一下。”吉尔弗雷很沮丧地说。

他从梅尔斯托克取道往回走，为了兑现承诺，他沿途去看望范茜。正好是礼拜六，孩子们放假了，一进校舍，哪儿都不见范茜。

清洁女工楠在扫厨房。

“我闺女呢？”守林人问。

“哎，您瞧她上了一礼拜的课累了，今早她说，‘楠，我要睡到傍晚才起床。’您看，戴先生，人要不吃饭，可咋干活啊。像她这样放弃吃饭，就得放弃干活。”

“你给她带饭了吗？”

“没带。她一点儿都不想吃。我们都明白这种事情不是无缘无故发生的，我倒想说八成是伤心了或类似的情况。”

此刻，吉尔弗雷感觉自己的心脏都膨胀放大，极不舒服。他走过去，爬上楼梯，来到了女儿的房间。

“范茜！”

“请进，父亲。”

在天气晴朗的下午，不管什么原因，看见有人躺在床上都足以让人郁闷，何况又是自己唯一的孩子范茜。她不但卧床不起，脸色还很苍白。看得出来吉尔弗雷心疼了。

“范茜，我万万没想到会看见你躺在这儿，孩子，”他说，“你怎么了？”

“我不舒服，父亲。”

“怎么回事儿？”

“因为心里想着事儿。”

“究竟什么事情让你想成这样？”

“你知道的，父亲。”

“因为我说过你那身无分文的迪克不准娶你，你老想着我对你很残忍，我想是这样吧？”

范茜没有回答。

“好了，你知道，范茜，我这样做是为了往最好处想。他配不上你呀，这你很明白。”这时他又看了一眼躺着的她，“行啦，范茜，我也不能让我唯一的孩子去死呀。如果没有他你实在活不成的话，那你就嫁给他吧，我就这个想法。”

“哦，我不想就这么嫁给他，完全违背您的意愿，一切都不顺您意！”病号叹了口气说道。

“没，没有，不违背我的意愿。我的意思是说，我明白了没有他的生活对你是一种伤害，那我们做些简单准备，让他尽早把你娶过去。范茜，这就是我简单的想法。好了，再别哭了，我的小姑娘！以前你该哭，可现在没必要了，一切都结束了。这样吧，不管怎么着，明天过来看我和继母，和我们一起吃点儿饭。”

“嗯，把迪克也叫上？”

“唉，和迪克一起来，我知道他要来。”

“父亲，那您考虑过他娶我的时间没？”她哄诱父亲。

“嗯，这样，下个仲夏吧，这样也等不了几天了。”

离开学校后，吉尔弗雷就赶到了车户家。老威廉打开了门。

“威廉，你孙子迪克在家吗？”

“没有，这会儿不在家，戴先生。不过最近倒是老在家待着。”

“哦，有事吗？”

“有人说他一直很消沉，没精打采。他似乎变了个人似的。咳，他竟白日做梦，想着好像要变成不顺从国教的天主教信徒，然后无所事事，四处闲逛。他原来是个喜欢多嘴饶舌的小子，没错，迪克确实是这样，可现在蔫蔫的根本不说话。哎呀，您能不能进屋来？我相信鲁本一会儿就来了。”

“不进去了，谢谢，我还不能在此久留。你能告诉迪克，明天如果我女儿身体没啥问题的话，麻烦他和我女儿上雅尔伯里来一趟吗？我不想让她独自来，近来她身体不是太好。”

“我都听见了。唉，没问题，我保证告诉他。”

第五章　如愿以偿

对吉尔弗雷的拜访就像意料之中的那样快乐地过去了，这是充满坎坷的爱情路上体会到顺利的第一天。紧接着又是一连串风平浪静、快乐幸福的日子。迪克想什么时候追求她就什么时候追求她；想什么时候回避她就什么时候回避她，之前这是绝不可能的；他和她在蜿蜒的小溪旁散步，在美丽的瀑布附近徜徉，在宁静的秋景中漫步，直到夜露和黄昏催他们回家。就这样，很快到了庆祝丰收的感恩节，也正好赶上梅尔斯托克教堂开始启用风琴的时间。

迪克就在那天碰巧有事得离开梅尔斯托克。隔壁查姆里村的一位年轻的朋友上礼拜一死于痨病，迪克为了履行历时已久的诺言，打算和别人一起把他抬到墓地。礼拜二，迪克到学校通知范茜此事。因为无法目睹她作为风琴手的成功的首次亮相，他感到失落；由于在这个重要的场合她无法感受到他在场的快乐，他很苦恼——很难说哪种感觉更为强烈。然而，他们之间心灵是相通的。她尽最大的努力承受着这种不幸，脸上却没有流露出太多的遗憾，相信她的表演现在对她来说已经不重要了。

就在礼拜日十一点前，他要动身去完成那个悲哀的使命。葬礼紧随晨祷之后，要足足走四英里，驾车又不方便，只好早点儿出发。原本半个时辰就能了结此事，然而在最后关头，他满脑子想的却是要绕道去学校的那个方向，希望能目睹他的爱人动身去教堂的风采。

因此，他拐进了去学校的小巷，而没有直接穿过通往查姆里的母羊牧场。他到了，正对着她的门口，这时他心中的女神出现了。

如果曾有女子看起来宛若仙子的话，今早的范茜似乎就是其中一例。她从学校楼梯上飘然而至，以蓝色为主的多种颜色的搭配使她的身影看起来略显朦胧。她带着这个年代乡村小学女教师史上绝无仅有的大胆果敢——毫无疑问，一部分归功于老爸攒的数目可观的钞票，使她的职业成了并不完全必要的事。她实际上戴了顶帽子，上面插了根羽毛，还把明显烫卷了的头发放下来，大量的波浪卷垂在肩膀上。可怜的迪克甚是吃惊：他从来没见过她美得这么诱人，除了圣诞除夕，当时她的头发也是很自由奢华地披散着。可是惊喜冲动过后，紧接着心头泛起一阵不快，头脑一清醒，他便有了这种感觉。

范茜羞红了脸，搞糊涂了吧？她还用手把卷发往后推了推。她没料到是他。

“范茜，我穿着丧服你一时没认出我来，是吧？”

“早上——好，迪克——是的，确实，你穿着这样哀伤的衣服，我一时间没认出你来。”

他再次看着那欢快的衣服和帽子：“亲爱的，你以前从来没有穿得这样魅力十足过。”

“我喜欢你这样赞美我，迪克，”她说，狡黠地笑了笑，

“对女人来说这是美酒佳肴。我真很漂亮吗?”

“很漂亮!你也清楚。你记不记得,我是说你记不记得今天我要外出的事?”

“怎么了,是啊,记得呀,迪克。可是,你知道,我希望看着风光一点儿……原谅我。”

“是的,亲爱的。是的,当然了,没什么需要原谅的。没有,我只是想当礼拜二、礼拜三、礼拜四和礼拜五我们说起今天我的缺席的时候,我对此很遗憾,你说,范茜,你也很遗憾,还差点儿哭了,还说今天能在教堂引人注目对你来说毫无快乐可言,因为我不能在场。”

“我亲爱的人儿,这对我来说也不是很快乐的呀……不过我想我确实感受到了生活的快乐。”她噘着嘴说道。

“除了我的。”

她用不解的眼神看着他:“我知道你生我的气,迪克,因为这是自我来这儿我披卷发、戴帽子和羽毛的第一个礼拜日,今天你又碰巧要外出,不能和我在一起。是的,我说就是这个缘故,偏偏就这样!你认为整个这个礼拜我就应该记住你今天不能来,不该有心思打扮得比平常更漂亮。是,你就这么认为,迪克,这未免太无情了吧!”

“不,不,”迪克很正经直白地说,“我没把你想得那么坏。我只是想——假如你要外出不在,我就不会试图去吸引别人的眼球。当然你和我不一样,从本质上不一样。”

“行啦,也许我们是不一样。”

“牧师究竟会怎么说，范茜？”

“我丝毫不怕他说什么！”她骄傲地说，“不过他不会像你那么说的。不，不会。”

“的确，他几乎丧失了该说的理智。”

“好啦，迪克，你说，你要痛快地原谅我，我得走了，”她突然高兴地说，向后跳进了门廊，“到这儿来吧，先生。说你原谅我，然后你可以亲我。我烫了卷发的时候你还没亲过呢，你知道。是的，就在你很想亲的地方，是呀，你可以亲！”

迪克跟着她钻进了屋里的角落，在这儿他就不会慢腾腾地去享受给他的这个特权。

“这算是给你的奖赏，好吗？”她继续说，“再见，否则我就要迟到了。明天来看我吧，今晚你会很累。”

他们就这样分开了，范茜往教堂走去。风琴放在圣台的一侧，如果牧师在讲坛的话，就会靠近牧师，或者说就在他的眼皮底下，所有会众也完全能看得见。她在此坐下来，第一次坐在如此显眼的位置，以前她的座位在走廊很远处。

“天哪——太没规矩了！卷发和帽子、羽毛！”几个家境还算殷实的人家的姑娘说道，她们要么只有卷发却没戴帽子和羽毛，要么只有帽子和羽毛却没有卷发。“老戴着软帽来教堂。”几个头脑清醒的大妈说。

布道期间，梅伯先生意识到了紧靠他旁边的她的存在；他对她越发出格的穿着根本没有生气；他仰慕她，这些她都感觉到了。可在他布道的时间里她没发现他爱她，因为以前他从来没爱过女人；她的位置靠近他，这对他是一种很难琢磨的快乐；他以她那天早晨成功的演奏而感到荣幸，那种兴奋完全超出了在启动一种新的秩序的场合中牧师应有的那种荣耀。

老唱诗班的成员内心卑微，没再像以前那样坐在廊台上本属于他们的座位上（现在已经腾出来给了不是歌手的学生娃和一个小学教师），而是和他们的妻子一起四处分散在教堂不同的地方。几乎平生第一次与操办教堂仪式失去了任何关系，他们都感觉很别扭尴尬，无所适从，局促不安，他们的手使他们很不自在，不知道往哪儿放才好。车户曾建议大家今天回避一下，去采坚果，可是威廉爷爷根本不同意这等做法。“不行，”他以责备的态度回答，并引用了一首诗，“尽管这都降临到我们身上，我们的心不要退后，否则我们的脚步就会偏离正道。”①

因此，他们站着看那些卷发从成功的对手的背上垂下来，还有当她摆动头的时候摇晃的羽毛。几个胆小谨慎的音和几次把握不准的键盘触击后，她的演奏明显步入正轨，到尾声的时候开始饱满自如。可是，无论出于偏见还是公正的判断，受人尊敬的那帮乐师不禁想到，他们奏出的简单的音乐，较之她愉快奏出的拥塞的和旋和间奏，更符合老教堂简朴的风格。

---

① 出自《圣经·诗篇》44:17-18，作者稍做变动。

第六章 难挡诱惑

这天的工作干完了，范茜还在校舍。大约五点的时候，天开始下起雨来，她心里觉得很无聊，转悠进了教室，希望能找点儿有意义的事做。莫非她在想情郎迪克·杜威吗？不是很确切。她在想一个人独自生活多么乏味：在脾气古怪的继母的管制下回到雅尔伯里是多么难以忍受，与其这样还不如和某人结婚，婚礼前还要度过漫长的八九个月时间。

教室的一侧是汉姆山石料做的高高的窗坎，爬上课桌，她就可以坐在其中任何一个窗台上，然后可以把课桌当作脚凳。当夜幕将沉、夜色渐浓的时候，她坐了上去。每当潮湿阴郁的时刻，她都这样坐在窗台上，披条薄薄的披肩，头上戴着软帽，打开窗户，看着外面的雨，这成了她的一种习惯。

从窗户可以眺望一片叫作格罗夫的田野，在他们认识和约会的初期，她常常就从这个位置俯瞰迪克路过时他的帽冠。此时一个活人都看不见；雨拦住了那些无须出门的人，本来礼拜日外出的需要比起一周里其他日子也没那么迫切。

坐在这儿又想起了她的心上人，还是那天她在教堂引起的轰动？——咿，到底在想什么不得而知。想着，想着，她见一个男性的身影在格罗夫远远的那头逐渐清晰起来——是个没打伞的男子。他走得越来越近了，她感觉他十分伤感，接着认出来了，原来是迪克。是啊，带着他那颗年轻的心中的喜爱和傻气，迪克走了四英里。在细雨绵绵中，他既没穿雨衣又没带雨伞，在心上人想到他会很累明说了他没必要来的情况下，他还是把它当成了他的责任，又绕道跌跌撞撞地走了一英里，只为了能和她一起待上哪怕十分钟。

“哦，迪克，你浑身湿得这么厉害！”她说，此时他靠近了窗下，“呀，你的外衣亮闪闪的，好像上过油漆一样，还有你的帽子——天哪，帽子上直接在流水！”

“哦，我不在乎，亲爱的！”迪克高兴地说，“衣服湿了绝不会伤到我，尽管为我最好的衣服感到很遗憾。可是，那也没办法呀，我们把伞都借给女人了。真不知道啥时候才能要回来呢！”

“呀，看，正好就在肩膀上有一块脏兮兮的东西。”

“啊，那是‘日本黑漆’。当我们把可怜的杰克的棺材从肩膀上往下放到棺架上的时候，棺材板上的油漆蹭了下来！我不在乎，因为这是我能为他做的最后一件事。如果为老朋友连一件衣服都舍不得的话，那是说不过去的。”

范茜把手蒙到嘴上足有半分钟，那只小手掌的下面打了一个足有半分钟的哈欠。

“迪克，不要湿漉漉地站在雨中。你也别坐下，回家去换衣服，一分钟都不要耽搁。”

“走了这么远的路，让我亲一下吧。”迪克请求道。

“如果我能够得着的话，亲吧。”

迪克因没被邀请到门口而显得很失望。她坐着，只拧了一下身子，弯腰往下够，可是就是站在基座上迪克也无法使嘴唇接触到她的嘴唇。假如她再使点儿劲，或许能再低点儿，可是那样她的头就会暴露在雨中。

“没关系，迪克，亲我的手，”她说，迅速把手给他伸了下去，“这下好了，再见。”

“再见。”

他离开时走得很慢，三番五次回头看她，直到她完全看不见他为止。在他往回走的时候，她自言自语，几乎是不由自主地，仍然回想着早晨的辉煌——

“我喜欢迪克，我爱他；可是一个人在雨中，不打伞，全身湿透，那样子多难看、多寒碜啊！”

当他消失得无影无踪的时候，她似乎准备要从座位上下来，可是往另一个方向一看，见另一个人沿着同一条道走了过来。这也是个男人的身影。从头到脚也一袭黑色，不过他打着伞。

这个人慢慢走近了，雨下的方向使他不得不斜打着伞，因此从她离地面的那点儿高度看不见他的头，同样他也看不见她的头。他适时地直接从她下面穿过了，从上面往下看他的伞的外部，她女性的眼睛感觉那伞料是上等的丝绸，属于比较昂贵的高档品牌，在那个时期这个品牌比早些年更稀缺。他来到楼口，范茜一下子看不见他了。他没有像迪克一样沿路走过来，而是突然急转走进了她自己的门廊。

范茜跳到了地上，急忙扔掉披肩和软帽，捋了捋头发，又轻轻拍了拍，直到卷发垂得更顺畅，然后竖起耳朵仔细听着。没听见敲门声。几乎过了一分钟，还是无人敲门。接着传来了一阵轻轻的敲门声，跟远处啄木鸟发出的声音一般大。她定了定神，待到平静下来后，急切地打开了门。

门廊中站着梅伯先生。

一阵暖暖的红晕出现在她脸上，一束光亮在他的眼中闪过，使他看起来很英俊，一种在她眼中从未有过的帅气。

“晚上好，戴小姐。”

“晚上好，梅伯先生。”她说，心里觉得很奇怪。

她注意到，他因激动面色格外通红，声音异常发颤，往门廊角落放伞的时候，手像白杨树叶一样颤抖。双方都一句话也没有说。他走进教室，关上门，靠近她。一进到房子，他脸上的表情就再也分辨不清了，因为此时日近黄昏，夜色更浓。

“我想跟你说个事儿，”接着他说，“很郑重地——关于一件你也许没有料到的事，可是对我来说它就是整个世界，不知对你来说会是什么，戴小姐。”

没有答复。

“范茜，我来问你是否愿意做我的妻子。”

好比一个一直悠闲地戏玩滚雪球的人突然吃惊地发现他已经启动了雪崩，一时不知所措，难以应对，范茜对出自牧师之口的这些话感到十分震惊。在紧随其后的死一般的沉默中，可以清晰地分辨出这一男一女不同的呼吸声，两人的呼吸有这样的差异——他的呼吸在说完话后渐渐平静缓慢下来；她的，却从一直低沉有规律的状态加快了速度和力度，到最后几乎喘起来了。

“我不能，我不能，梅伯先生……我不能！请别问我！”她说。

“不用急着回答！”他请求道，“听我说。我这不是一时的冲动。我爱上你已六个多月了！我最近喜欢教这里的孩子，也许并不是像表面上看似的单纯的想法。你会理解我的初衷，也许会更喜欢我。坦诚地告诉你吧，我一直不断地和自己的情感做斗争，因为我想过我不配爱你！可我决定不再纠结，我仔细琢磨过这份情感，我对你所持的爱和我能对任何女人所持的爱一样真诚！我发现了你的魅力，我崇尚你的天分以及这天分赋予你的优雅气质，对我来说这就足够了，甚至超出了我的标准！这些品质正是一座宁静的牧师宅邸——我要过日子的地方，无论它可能在哪儿——的女主人需要具备的。哦，范茜，我观察过你，甚至严厉地批评过你。我把我的情感放置在光明处评判，发现它们仍然是理性的，是任何一个男人期盼着的，是你这样的优秀女子激发出来的那种！所以在我这样做的欲望中，没有什么急促、秘密和不幸可言。范茜，你愿意嫁给我吗？”

没有回答。

“不要拒绝，不要，”他请求道，“这样你是愚蠢的——我意思是残忍！当然我们不会在这儿生活，范茜。我收到和约克郡的一位朋友交换圣俸的请求已经好长时间了，可是因为母亲的缘故我拒绝了。我们可以去那里。你的音乐才能还可以得到进一步发展；你可以拥有你想要的钢琴；你可以拥有一切，范茜，让你幸福的一切——小马拉的四轮车、鲜花、小鸟、舒适的上流社会生活。是的，和我一起旅行几个月之后，你有足够的能力进入任何上流社会！范茜，你愿意嫁给我吗？”

接下来又是一阵停顿，只有雨点儿冲打窗槛的声音打破了这种沉默的僵局，然后范茜说话了，声音微弱且断断续续。

“是的，我愿意。”她说。

“上帝保佑你，我的亲亲！”他迅速走上前去，张开双臂企图拥抱她。她急忙后退。“不不，现在不要！”她激动烦乱地小声说，“有些事情，——可这诱惑真是，哦，太强大了，让我无法抗拒。我现在不能说，可我必须说！不要，请不要，现在不要靠近我！我要想想。我很少能让自己坚持已经承诺过的意见。”顷刻，她来到一个课桌旁，用手蒙着脸，突然是一阵歇斯底里的哭泣。“哦，让我一个人待会儿！”她哽咽着，“让我独自待会儿！哦，让我独自待会儿！”

“不要难过，不要，亲爱的！”看得出他艰难地克制住自己不去靠近她，“你可以在你认为方便的时候告诉我。能听到你质朴的承诺，我很高兴，无比高兴！”

“现在你走吧，让我独自待会儿。”

“可我不应该走，对你公正起见，让我待一会儿，你再次回复平静之前我不能走。”

“那么你看，”她说，控制了一下情绪，站起身，“现在我没事了。”

他很不情愿地朝门口走去。“再见！”他温柔地小声说，“明天大约这个时间我会来。”

第七章　改变主意

第二天早晨，牧师一大早就起床了。他做的第一件事是给约克郡的朋友写了一封很长很认真的信。然后吃了少许早饭，穿过了卡斯特桥的草地，兜里揣着那封信，准备把信投到镇邮局，因为如果留给村里的步行邮递员的话，需要再次转手，会耽误一天的时间。

这是个雾蒙蒙的早晨，从浓浓的空气中聚集到树上的露水滴滴答答地往下掉，橡子偶尔从它的碗状壳里掉到地面上，伴随着滴水。草地上，一张张蜘蛛网湿漉漉的，几乎是晦暗的，呈折线状挂在篱笆上，棕色、绿色和黄色的树叶不断飘落。

牧师快要靠近马路的时候，传来一声低低的欢快的口哨声，然后是和他同一方向的一个男子轻快的脚步声。到了他走的小径和马路交汇处的时候，牧师看见了迪克·杜威坦诚而喜悦的面孔。迪克提了下帽子，牧师走出小径，来到迪克正在行走的马路上。

“早上好，杜威。你气色看起来真好！”梅伯先生招呼道。

“是的，先生，挺好的——很好！我这要去卡斯特桥取聪聪的围脖，礼拜六我们放那儿叫人修理。”

“我要去卡斯特桥，这样我们一块走。”牧师提议。为了能和梅伯先生并行，迪克单足往前跳跃了一下。梅伯继续说道：“我想我昨天在教堂没见到你，杜威。你是不是坐在柱子后面了？”

“没有。我去了趟查姆里村。可怜的约翰·丹福德死前老早就选我做他的抬棺人，昨天是葬礼，我当然不能拒绝。其实我特别想待在家里①，因为昨天是开始演奏新音乐的日子啊。”

“是啊，你在家就好了。仪式上的音乐部分演得很成功，确实很成功。尤其难能可贵的一点是，旧唱诗班没有一个成员表现出不良情绪，他们很善意地和大伙一起唱。”

“很自然我也想在场，我想，”迪克说，他偷偷地笑了一下，“考虑到谁在弹琴。”

听到此话，牧师脸上微微泛起了红，他说道：“那是，那是。”他根本没有领会迪克的真意，后者因为没有听到更多的答复，就接着有些犹豫地说，同时又笑了一下表达了作为恋人的自豪。

“我想您明白我的意思吧，先生？您听说了我和戴小姐的事儿了吧？”

“没有。”他很勉强地说，“我没有听到关于你和戴小姐的任何事情。”

“嘿，是这样，她是我的心上人，明年仲夏我们打算结婚。目前我们对此很保密，因为还要等好多个月呢。她父亲的意思是我们不能提前结婚，当然了，我们得听他的。不过那时间很快就会过去的。”

“是的，那时间很快就会过去——是啊，时间一天天溜

---

① 这里指就在自己的教区，不外出。

走了。”

梅伯嘴上说着这些话，但脑子里并没有意识到它们的意义。他感到一阵战栗，周身冰冷而难受。他理性地认识到，那位年纪轻轻的人儿与其说是天使，还不如说是个女人，她的优雅风度迷惑了他，使他做出了一生中最轻率的决定。

“您瞧，先生，”坦诚的迪克继续说，“从某一方面想这样也好。我们打算在别的地方成立分店，到那时候，我就是我父亲商行分店的常务经理。最近生意红火，发展很快，我们打算明年再添两三匹马。我们已经物色好了一匹——咖啡豆一样的棕红色，脖子像彩虹，高十五手宽①，身上没一根杂毛——要价二十四镑十五先令②。为了赶时髦，我叫人做了些卡片，请允许我给您一张，先生。”

“当然可以。”牧师说，他机械地伸手，拿了迪克递给他的卡片。

“我在格雷桥这儿要拐弯，”迪克说，“我想您要直走一直到镇上。”

“是的。”

“再见，先生。”

“再见，杜威。”

---

① 量马的高度的单位，一手之宽大约4英寸，也即10.16厘米。迪克所描述的马高约60英寸。

② 一克朗等于五先令，因此“twenty-five want a crown”相当于二十四镑十五先令。

梅伯一动不动地站在桥上，手里原封不动地握着那张卡片，迪克的脚步声消失在丹诺弗山的方向。牧师第一个下意识的行动就是读卡片：

杜威及子，
载人并运货，
梅尔斯托克。

备注——家具、煤、土豆、生死牲畜，
快捷运送，距离不限。

梅伯先生倚着桥栏杆，凝视着河水。他并没留心看，河水是如何快速地从桥拱流过来，滑下小坡，然后在小池塘漫开，池塘里鲮鱼、鳟鱼还有鲦鱼在绿色的水草丛中自由嬉戏，水草的根伴随着水流飘动，因此水草在水中一会儿浮上一会儿沉下。他在桥栏杆上就那样趴了十分钟后，从口袋中拿出了写给朋友的那封信，特意把它撕成了极小的碎屑，小到很少有两个音节连在一起的，然后把那一大把碎纸扔进了水里。这时他看着它们旋转、急冲并且翻转，被河水带向海洋，逐渐消失在他的视野中。最后，他离开了，迈着急促的步伐赶回了梅尔斯托克的牧师宅邸。

经过长时间艰苦的努力后，他终于重新鼓起了勇气，坐在书房写了下面一段话：

亲爱的戴小姐：

你为之伤心甚至落泪的所谓“诱惑太大”的那些话的意思，由于一个偶然的事件，我终于恍然大悟。今天我明白了我昨天不明白的事——你不是自由之身，你已经与人定了婚约。

你为什么不告诉我呢？为什么不呢？你以为我是知道的？不，我不知道。如果我知道的话，像我那样来找你的行为就是不道德的，应受谴责。

可我不是批评你！也许根本就不怪你，我也说不上来！范茜，尽管我对你的看法以某种难以言表的方式冒犯并打扰了你，我依然爱着你，我对你说的话也是善意的。你能否愿意看在一个相信你的话的诚实人的份儿上，大度地宽容他呢？

谨致问候。

亚瑟·梅伯

他摇响了铃。“叫查尔斯把这些习字本和这个便条立刻送到学校去。”

女仆拿走了包裹和信，几分钟后只见一个男孩走出了牧师宅邸的大门，一样东西夹在腋下，另一样拿在手里。牧师坐着，把手搁在眉毛处，看着少年从教堂巷走下去，来到了介于那片地与学校之间的水边小路。在这里他遇见了另一个男孩，两人之间随意的问候和打拳击似的一阵欢跳后，第二个男孩来到了牧师宅邸，另一个消失在了视野中。

那男孩来到门口，把写给梅伯先生的便条带了进去。

他认得这个笔迹。用一只颤抖的手打开信封后，他读了里面装的信：

亲爱的梅伯先生：

我彻夜一直认真且伤感地思考了昨晚你问我的问题，同时还考虑了我的答复。作为一个诚实的女子，我无权给出这个答复。

这是我的本性——也许是所有女性的——喜欢优雅的思想和举止。我甚至会因对雅致怡人的、不寻常的环境的向往而迷惑。你赞扬我，赞美对我来说就是生命。就是对这些事情的强烈感受促使我给您一个回复。这些感受堪称雄心或虚伪，也许它们本就如此。

这次解释之后，我希望您能慷慨地允许我收回我也是很仓促地给出的回答。

另外还有一个请求：让昨晚的见面以及我们之间发生的一切成为永久的秘密。倘若说出去，就会彻底毁掉一个值得信赖的、慷慨的人的幸福，我仍然爱这个人，将永远爱下去。

谨致问候。

范茜·戴

牧师和范茜之间最后的书面沟通是仅写着以下这些话的一个便条：

“把一切告诉他——这是最好的办法。他会原谅你的。”

第五部　大结局

第一章　永结连理①

故事的最后日子正好选在了季节更替易变的时节。这个时节乡村人晚上还在几乎光秃的树间上床睡觉，一场降雨催他们入眠，次日醒来已是一片绿荫；风景因为树叶突然有了分量和华彩而显得有些局促；欧夜鹰飞来，为夏天唱响它那单调的旋律；苹果树开花了，道路和果园草地上散落着花瓣；娇嫩的花容开始变暗，花头被成群的蜜蜂沉甸甸地压下去，这些蜜蜂不断拼命嗡嗡叫，直叫到处处都充斥着这种很温和的嗡嗡声；已成为恭敬快乐的邻居的杜鹃、黑鸟和麻雀，现在成了吵吵闹闹的执着的密友。

雅尔伯里林里的吉尔弗雷·戴家，外面看起来和这个时节往常的情况一模一样，可是后院狗的狂吠昭示了院里某处出现了非同寻常的情况。一进门，只见一群人聚集着，这在性习孤独的木材经管人和守林人的住处实属罕见。

屋子四处以各种弯腰姿势坐着或站着我们的老相识：詹姆斯姥爷、威廉爷爷、车户、潘尼先生、两三个孩子，包括吉米和查理，除此之外，还有几个从更远的地方来的叫不上名字的女士和先生。只见吉尔弗雷在外屋四周以及花园中的灌木之间踱步，操心着他们表演的确切时间到来之前的日常事务，目的

---

① 原文出自苏格兰诗人托马斯·坎贝尔（1777—1844）的《自由与爱情》。

是到时候他可以脱手不管了。他的衬衫的袖子挽起来了，下面穿着他早晨才穿上的最好看的新衣服，当按计划做准备的时候，上面临时系着每周干活时系的围裙。路过蜂箱的时候他偶尔瞅瞅，看妻子的蜜蜂是否在分群，最后放下衣袖进了屋。为了节省时间，他一边跟车户杜威说话，一边扣上了袖口；接着上楼去拿他最漂亮的背心，然后又下来，趁扣纽扣时和车户又说了句话，说话时眼睛紧盯着车户的脸，好像车户是一面镜子。

家具已所剩无几，少得令人吃惊，每一件复制品都已搬走，其中包括托马斯·伍德，最终只留下以西结·桑德斯①来充当断定时间的裁判。

范茜待在楼上，等着人们给她穿层层衣服，佩戴各类首饰。她勉强淡然一笑，来应付杜威夫人和潘尼夫人时不时说起的话题。她们两人帮忙给她梳妆打扮，戴夫人却借故头痛不适，整个早晨关在内卧室不露面。听得出范茜的笑声里多半是烦躁不安，而不是幸福甜蜜。潘尼夫人两鬓各垂着九个木塞起子一样的螺丝卷，头发从后面盘到头顶，像悬崖上的一座城堡。

此刻的话题与结婚公告②有关，最后一次是前一个礼拜日

---

① 托马斯·伍德和以西结·桑德斯是吉尔弗雷家的两座钟，前者做了范茜的陪嫁，现在只剩下后者。

② 英国男女青年结婚前，要在当事人双方所在教区的教堂进行三次结婚公告，教区居民如无异议方能结婚。

公布的。

“听起来怎么样?”范茜细心地询问。

“确实很美,”潘尼夫人说,“我从来没听到过更好听的。”

“可到底是怎样的?”

“哦,那么自然,那么优雅,是不是,鲁本!”透过下面没装天花板的楼板的缝隙,她大声对楼下的车户喊道。

“什么?”车户问,抬头望着头顶的楼板,期待着对方的答复。

“上礼拜日在教堂宣布了迪克和范茜即将成婚的公告后,会众的反应很不错吧?”潘尼夫人的声音又一次传到了楼下。

“哎呀,那个好得很,伙计们!——尤其是第一次。在广大会众间一下子引起了轰动,好一阵闹哄哄的低声评论。你说是不是,潘尼乡亲?”车户说。他自个儿捡起了话茬,为了让楼上的人听得见,他故意大声给潘尼先生说,其实对方坐得离他只有三英尺甚至更近。

“从没见过那么大的阵势,”潘尼先生同样高声给楼上屋子里的人说,“姑娘们脸上那个酸溜溜的醋意!确实,以前真没见过这般的妒忌!”

范茜的面容因无数次小小的害羞脸红而变化,她的心随着无数次小小的快乐颤抖而悸动。“可是也许,”她故作冷漠地说,“那仅仅是因为当时没有什么宗教活动的缘故吧?”

“哦,不。跟这没丝毫关系。这跟你在教区高高的地位有关。现场他们大家都抓住迪克,就好像要把他往死里亲吻搂抱一样，是不是，杜威夫人？”

“唉，那可不。”

“人们多么喜欢谈论别人的事啊！”范茜惊呼道。

“哼，如果你为自己写了歌，亲爱的，那就怨不得别人唱了。”

“可怜可怜我吧！这我怎么能受得住呀？”这位年轻的姑娘又说道。她仅仅对着卧室里的人说，听气息像是介于叹息和喘气之间的那种，圆圆的眼睛闪闪发光，面色温润。

“哦，好好的就过去了，孩子，”杜威夫人若无其事地说，“宣读结婚告示的时候，演出的序幕就拉开了。当你一站到教堂高坛那端的时候，你按个人意愿尽量大胆豁出去。我相信当时整个过程我都觉得自己像个战士一样，当然我低着头，看起来一副谦恭的样子，这是大姑娘的规矩。记住就那样做，范茜。”

“我像个小羊羔一样安静地走进了教堂，我敢保证，”潘尼夫人又补充了一句，“嘿，你瞧潘尼那么点儿小人。当然了，我心里还是很慌张。行啦，我心想，‘该怎样，就怎样！’你也这样吧，念叨‘该怎样，就怎样！’”

“‘该怎样，就怎样！’这句话还有这样奇妙的功效？”范茜询问道。

“很奇妙！它会帮助一个人顺利通过从婚礼到安产感谢礼的所有仪式，只要你精神饱满地把它说出来。”

“很好，那么，”范茜说着羞红了脸，“该怎样，就怎样！”

“这才是男人要的姑娘!”杜威夫人说。

“我确实希望他能及时到来!”这位准新娘继续说道，一个烦恼的理由刚刚被击溃，却又新生另一个理由，真是一波未平一波又起。

“你现在这样勇敢，如果他不来的话，那就太遗憾了。”潘尼夫人说。

詹姆斯姥爷听到了其中一些，从楼下开玩笑似的大声说——

“我听说有些婚礼即将举行，男方却突然不来了。”

“他们碰巧还没到，当然了，都到现在了。”潘尼先生说。他擦了一下眼镜片。

“哦，听听楼下在说什么。”范茜轻声说。

“嘘，嘘!”

她仔细听。

“听说他们没来，是不是，吉尔弗雷?”吉尔弗雷进来的时候，詹姆斯姥爷继续说。

“他们什么?”吉尔弗雷问。

“听说男方没有来。”

“确实没来。”守林人说。

“哎，我知道好多次婚礼不得不推延，原因就是男方未到，听说是讨厌女方。我知道的另一个例子是，男方在穿过奥克家树林时被夹人夹子夹住了，三个月后伤才痊愈，结婚告示又得重新公布。”

“太惨了！”范茜说。

“他们只是说着逗你玩儿呢，亲爱的。”杜威夫人说。

“想想这些可怜的姑娘无辜地遭遇这样的变故，真令人伤心啊，”从楼下又传来了说话声，“你们应该听听我的姻兄、教堂执事维尔更讲他近三十年来处理结婚事宜的经验：有时这样，有时那样——真是令人心碎，令人发指。”

“那些事情不常发生，我知道。”范茜嘴上说，内心却潜伏着不安。

“哎，迪克真该到了。”车户说。

“请不要老这样调侃我，詹姆斯姥爷和杜威先生，还有下面所有人！”范茜突然大声叫嚷，再也无法忍耐，“如果你们说个不停的话，我相信我会死掉，或做出什么事来！”

“你千万别听这些老家伙的话，戴小姐！”伴郎奈特·考卡姆说。他刚进来，像别人那样，透过楼板缝隙朝上喊了一声。“一切顺利，迪克疯了似的往这儿赶呢，一会儿就到。他正要出发时，他妈为他的新花园而送给他的那箱蜂正好分群，于是他说，‘我可不能丢下蜂群；是的，不能，尽管我乐意；范茜无论如何也不希望这样。’于是他就停下来敲出响声并且抖落它们，促使它们分群。”

“真是个踏实聪明的人啊。”吉尔弗雷说。

“的确，昨天我们可是很扎实地干了一天！”考卡姆先生继续说，他压低声音，好像再没必要说给楼上的那些人听了，选了手帕最干净的一个远角擦了擦脸，“的的确确！”

“东西那么沉，我想。”吉尔弗雷说，声音像是透过远处那头的烟囱窗户传过来的。

“唉，”奈特说，他环视屋子，看着搬走家具的那几处地点，“搬起来又那么笨重。在迪克的花园里来来回回；在迪克的门里出出进进；在迪克的楼梯上又上又下；在迪克的王国里转来转去。最后腿累得好比木桩一样，迪克又那样挑剔。那小伙子储藏起来的食物和饮料，啊呀，能够装满挪亚方舟！我确信我绝不指望能见到比他的壁炉里的那六只火腿更好的；我尝了的苹果酒算得上佳酿，确实；——无人能想到更好的。”

“爱情和牛肉都想占有①。啊，贪婪的人们！”詹姆斯姥爷说。

“嗯，或许是吧。‘确实，’我说，‘那对夫妻都已积累了这么多家具和食物，任何一个人都会觉得他们打算首先紧紧抓住婚姻生活最重要的开端，一开始家就置办齐了，该有的都有了。’啊，我们两个人摆放家具真是汗流浃背，一点儿不假！”

“下面的屋子做了天花板该多好啊，”范茜还在收拾发型的时候说，“下面说的做的全部听得见。”

“看哪！那是谁？”一个身材娇小的小学教师惊叫道，她也是今天早上很高兴地来帮忙的。她跑下去半个楼梯，在楼梯扶手处窥探。“哦，快看，快看，快看哪！”她惊叫着重新爬上楼梯来到了房间。

---

① 出自英国谚语：“咲怨恨推出的牛肉，不如食爱心捧出的野菜。”（Proverbs15：17）

“看什么?”范茜问。

“看伴娘！她们刚到！真奇妙！真奇妙平纹细布也能派上这等用场。嘿，她们一点儿不像她们本人，倒像是她们不为人知的富贵姐妹！”

“让她们到我这儿来，让她们上来吧！”范茜狂喜地大声喊道。那四个作伴娘的姑娘，即苏珊·杜威小姐、贝茜·杜威小姐、瓦西缇·斯尼夫小姐和默茜·奥梅小姐，一起涌上了楼梯，飘过了走廊。

“但愿迪克能来！”又一次成了范茜的负担。

就在同一时刻，从门外面的藤本植物上摘的一枝小树枝和花飞进了开着的窗户，接着一个男性的声音喊道：“最亲爱的范茜，准备好了吗?”

“瞧他来了，他来了！”范茜喊道，时断时续地窃笑，好像那天早晨第一次正常呼吸。

伴娘们拥挤到窗口，一起把头转向所指的方向，其间八个耳坠步调一致地摇动着。伴娘们并没有长时间盯着看迪克，因为她们只是特别想看见他而已，她们强烈地意识到她们的职责是当好完成神圣人物——新娘的意愿的忠实大臣。

“他看起来很迷人！”瓦西缇·斯尼夫小姐说，这是一位脸上涂着奶油色、头上系着黄色软帽丝带的姑娘。

迪克走近了门口。为了尊重和光耀这个时刻，迪克身穿发亮的布做的崭新上衣，樱草色背心，帽子也是同样崭新的式样，剃去了络腮胡，头发剪得非常短。

“现在，我要跑下去。”范茜说，回头照了一下镜子，迅速跑了出去。

“哦，迪克！”她惊叫道，“你来了，我太高兴了！我就知道你会来，当然了，不过我刚才还想，哦，假如你不来，那可怎么办呢！”

“不来，范茜！不管日晒雨淋，无论刮风下雪，今天我这不来了！嘿，你小脑袋里究竟想什么呀？你过去可从不在乎这类事情啊！”

“啊，迪克先生，那时我还没有扬起旗帜①正式约束自己！”范茜说。

“只可惜我不能把你们五个全娶上！”迪克说，环视了她们大家。

“嘿——嘿——嘿！”四个伴娘都笑了，范茜在迪克肩膀后面悄悄碰了一下他，顺手摸了下来，好像要亲自确认他作为她的财产有血有肉活生生地在那儿。

“嘿，谁能想到这样的事情？”迪克说。他摘了帽子，跌坐在椅子上，扫视着这帮人里的年长者。

后者迷惑地转了转眼珠，努了努嘴巴，以表明他们谁也想不到这样的事情，这究竟是什么事。

“一年那么多时间，四季更替，我的蜜蜂恰好就在这个节骨眼儿上分群！”迪克继续说，像撒网一样把理解的眼神抛向

---

① 原文为“hoist the colours”，意为扬起旗帜，准备起航。

所有听众，“这还是一群品质优良的蜜蜂：十年来我第一次见这么好的蜂群。”

“好兆头啊，”潘尼夫人凭丰富的经验说道，“好兆头。”

“真高兴看起来一切都很顺利。”范茜舒了一口气说道。

“我也很高兴。”四位伴娘异口同声地说道。

“嘿，蜜蜂可不能拖延，”一向说话别扭的詹姆斯姥爷说，“女人什么时候都能娶，但蜂群不会请了就能来啊①。”

迪克用帽子扇了扇自己。“我想不通，”他深思熟虑地说，“我哪儿得罪了梅伯先生，——一个我很喜欢的人。他当初来的时候很喜欢我，还曾说过要参加我的婚礼，而且还要给我主婚，不管我的未婚妻是他的教区的还是别的教区的。在贴结婚告示的时候，我略微给他提了一下，可他似乎不大感兴趣，于是我也没多说。我真纳闷这究竟是咋回事儿。”

“我也搞不清楚！”范茜说，那双美丽的眼睛看起来很空虚。做赶车人的妻子，这眼睛过于精致，太漂亮了；可是，也许，不太中用。

“改变主意了，像常人一样，我想，”车户说，“听着，孩子们，今天我们上路的时候会有一大群人围观。”

“教堂内，”吉尔弗雷说，“会有妇女列队，一眼望过去，就在圣坛附近的窗槛上方还会见到一道年轻小伙子的脑袋。”

“哼，你已经历过两回了，”鲁本说，“应该明白。”

---

① 英国民俗，蜂群是吉祥的征兆。

“我一次能挺，”迪克说，“两次也没问题，一打也不要紧。”

“哦，迪克！”范茜略带抱怨地说。

“嘿，亲爱的，那没事儿，只不过为了热闹一些，开开玩笑。今天你咋像猫一样紧张。”

“当然，还有这一切结束后，”车户继续说，“我们要两人一对绕教区游行四次。”

“没错，一定，”潘尼先生说，“两人一对，每个人都和自己的老婆看齐，我相信是这样。”

“我绝不能那样炫耀自己！”范茜说，眼睛看着迪克，想弄清他的态度。

“我同意你和你同伴们的选择，亲爱的！”理查德·杜威先生真心说道。

“嘿，咱们结婚的时候就这样搞了，是吧，安？”车户说，“每个人都不例外，我的孩子们。”

“我们也是。”范茜的父亲说。

“我和潘尼也是，”潘尼夫人说，“当时我穿了最漂亮的巴斯木屐，我记得，潘尼老不高兴，因为穿了木屐我显个儿。”

“我父母亲也是。”默茜·奥梅小姐说。

“明年圣诞节的时候，我也打算这样做！”伴郎奈特激动地说，眼睛注视着瓦西缇·斯尼夫小姐。

“如今体面人已经不这样做了，”范茜说，“不过，既然我那可怜的母亲那样做了，我也愿意。”

“哎，”车户又说，“我结婚正好赶上圣灵降临节①礼拜二。梅尔斯托克游乐会在同一天举行游乐活动，我们新婚的人欢乐地跟在他们后面绕着教区走。那个时代，圣灵降临节期间人们都穿着白色的衣服。大伙听着，我当天穿过的那条忒白的裤子现在就放在家里的箱子里呢，是不是，安？”

“你有那么一条，后来我改了叫吉米穿了。”杜威夫人说。

“按理说，我们应该在本教区游行完后去上下梅尔斯托克，然后到瓦尔尼牛奶场，再穿过荒原②回到这里，”潘尼先生说，恢复了论说这类事情的话语权，“牛奶场老板瓦尔尼是个很令人尊敬的人，还有农场主凯科斯，我们应该去他们那儿露露相。”

“对，”车户说，“我们应该到梅尔斯托克风风光光地转一转。我们应该实实在在地依次转转，好吗，乡亲们？”

“我们就这样做！得搞出点儿名堂叫大伙瞧瞧。”潘尼夫人说。

“你好！”车户说，他突然看见有人站在门道，这人身穿一件裁的样子像枕套的雪白的长外衣，“嘿，这不是里福吗？你

① 圣灵降临节（Whitsunday 或 Pentecost），也叫五旬节，是西方基督教国家重要的节日之一，纪念圣灵降临于耶稣的门徒，名字中有白色可能跟节日那天人们穿白色礼服的习俗有关。圣灵降临节是复活节后的第七个礼拜日，一般持续一周时间（Whitsuntide 或 Whitweek），尤指礼拜一、礼拜二、礼拜三前三天（Whit Sunday，Whit Monday 和 Whit Tuesday），英国常举行游乐等纪念活动，礼拜一是英国的法定假日。

② 哈代以《还乡》为主的小说中经常出现的荒原。

在这儿干啥呢？”

“我来想知道我这个样子能不能参加婚礼——嘿——嘿！”里福战战兢兢地说。

“喂，里福，”车户以责备的口气说，“你知道今天这儿不欢迎你，没有你的份儿呀，里福。”

“托马斯·里福，托马斯·里福，你真是个神打听！”老威廉说道。

“我知道我没头脑，可是我想，要是我洗了澡，穿上新衬衫和长外衣，我也可以去。”里福说着，失望地哆嗦着转身要离去。

“可怜的家伙！”车户说，回头转向吉尔弗雷，“不妨让他参加？他长得那么寒碜，人又傻了吧唧的；可他没蹲过监狱，也没有什么坏心眼。”

里福因为受到赞扬感激地看着车户，然后很焦虑地望着吉尔弗雷，看这些赞扬在成就他的大事方面能否收到什么效果。

“唉，让他来吧，”吉尔弗雷果断地说，“里福，欢迎你，知道了吧。”里福于是留下了。

此刻，大家准备从家里出发了，开始按以下顺序排成队列：范茜和父亲，迪克和苏珊·杜威，奈特·考卡姆和瓦西缇·斯尼夫，泰德·威武德和默茜·奥梅，还有吉米和贝茜·杜威。这些人组成主要的阵容，所有人都很讲究地穿着婚礼服。接下来是车户和杜威夫人，最后一对是潘尼夫妇。车户带着巨大的手套，号码是十一点七五，看起来很显眼，从远处看好似漂白了的拳击手套，很笨拙地套在他棕色的手上；这个受人尊敬的标志（在范茜的请求下）今天平生第一次落在他头上。

“按道理伴娘应该一起走。”范茜建议到。

“什么？我那个年代一直是青年男女手挽手的！”吉尔弗雷说，样子很惊讶。

“我那个时候也是！”车户说。

“我们那时也是！”潘尼夫妇说。

“从来没听说过女的和女的一起走的！”老威廉说。他与詹姆斯姥爷以及戴夫人准备留守。

“选你和你同伴们喜欢的方式，亲爱的！”迪克说。他为了保障范茜的权利，似乎甘愿无比快乐地放弃这世界上的其他一切权利，把决定权留给范茜。

“那好，我想按当年母亲走的那样走。”她说。一对对男女在树下往前移动，每个男子对着自己的姑娘。

“啊！”休息的时候詹姆斯姥爷对威廉爷爷说，“我真搞不清，她最惦记的是迪克呢，还是她的婚礼服？”

“哎呀，这是她们的天性，”威廉爷爷说，“记住先知耶利米的话，‘处女岂能忘记她的妆饰，新妇岂能忘记她的美衣？’”

队伍一会儿走在像教堂的立柱一样黑乎乎的垂直的冷杉间；一会儿穿行在铺着黄樱草和野风信子的榛树林；一会儿从长着明亮嫩叶的宽阔的山毛榉下走向翻越雅尔伯里山的高高的山路，这条路就在这儿往下一直延伸到吉尔弗雷·戴的教区所在的那个村子。走了十五分钟后，范茜发现自己已经成了理查德·杜威夫人，虽然，使她十分惊讶的是，她依然感觉和范茜·戴没什么两样。

在穿过小道和田野往回走的时候，在一片谈笑风生中，尤其当他们来到篱笆旁的台阶的时候，迪克看清楚了远远的高处的萝卜地里有个褐色的小点儿。

“哎呀，是艾诺克！”他对范茜说，“我还想今早在家没见到他。他怎么离开你们的？”

“他苹果酒喝太多了，上了头，人家给他上了韦特伯里枷锁。父亲被迫另找人干了一两天活儿，此后艾诺克和林子就没有瓜葛了。”

“今晚我们把他叫下来吧。上一次枷锁的话不算啥，想想今天是我们举行婚礼的日子。”新娘一拨人叫停了。

“艾诺——诺——诺——诺——克！”迪克大声喊道。

“雅——啊——啊——啊——啊——啊——啊思！”艾诺克从远处回复。

“你知道我是谁——谁——谁——谁——谁——谁吗？”

“迪克·杜威——威——威——威——威！”

“哦——哦——哦——哦——哦——哦！”

“刚结——结——结——结——结——婚！”

“哦——哦——哦——哦——哦——哦！”

“这位是我的妻子，范——范——范——范——范——范茜！”（迪克朝艾诺克的视线抱起范茜，宛如她是一束鲜花）。

"哦——哦——哦——哦——哦——哦!"

"今晚你愿意来参加聚——聚——聚——聚——聚——聚——聚会吗?"

"不——不——不——不——不——不行!"

"为什么不——不——不——不——不?"

"不再为那家干活了——了——了——了——了!"

"艾诺克师傅真不够意思。"迪克说,队伍又继续行走。

"别责怪他,"吉尔弗雷说,"那人现在还不清醒呢,思维还停留在早晨的状态中。当他喝了一加仑苹果酒或麦酒,或者一两品脱蜂蜜酒的时候,那人就很正常,举止和王国里的任何一个人一样好。"

第二章　绿荫下[1]

雅尔伯里林与吉尔弗雷家院落的一端毗连的地方被一棵古树遮蔽着，这棵树虽然没有值得炫耀的高度，可是树枝水平延伸开来，覆盖了相当大的空间。几百只小鸟就出生在这棵树的树枝间；一群群家兔和野兔年复一年啃食着它的树皮；在它的树杈形成的窝坑里长出一丛丛奇怪的真菌植物；无数窝鼹鼠和蚯蚓在它的根部爬行。树下它的树荫以外是一片宽阔的精心打理过的草地，为雏鸡和小雉鸡提供了健康活动的场所；它们的母亲也就是母鸡们则被关在同一块地上的鸡笼里。

现在所有的障碍都排除了。随着午后时间的渐近，客人们都集中在这个地点，兴高采烈地奏乐、跳舞、唱歌，一直到傍晚。在范茜的影响下，每个人都严守规矩，因为她在这方面格外讲究。她严肃提醒她父亲，和车户谈话时要多留心，不要说“汝”和“尔”，原因是这些过时的语言对新派人物来说，听起来是一种侮辱；也不许他们喝完东西之后用手背擦嘴——当地一个特别古老的英格兰习惯，可是范茜声明这在上流阶级中毫无疑问已在逐渐消亡。

除了在场的本地乐师外，还从坦托姆-克朗里村请来了一位铃鼓行家，那村子素以擅长演奏打击乐而出名。这些本次集

① 出自莎士比亚剧作《皆大欢喜》(2，5，1—8)。

会的重要人员被安置在离地面高两三英尺的高处，坐在临时由水桶支起来的木板上。跳舞的过程中，上了年纪的人在树干下面坐成一组。这块地由年轻人嘟嘟囔囔地有些不情愿地分给了他们，因为年轻人做脚尖旋转的时候需要空间，另外还放了一张桌子来防止被跳舞的人踩到。老汉和老太太跳舞的时代已经过去了，他们在这儿讲十分感人的故事。在故事间歇时间，他们从这个宁静的地点观察跳舞的人进场和退场，好比岸上的人在观察远处海湾的海军活动；当暂停结束后他们又继续讲他们的故事。那些旋转的舞者在每一曲之间休息的时候，眼睛往这些坐着的人的方向看，由于音乐和吵声的缘故，只发现他们正讲一个非常动人的片段。以下的情形证明了这种猜测的合理性：讲故事的人有力地挥动着手，时而打着响指，双唇紧闭，眼睛直盯着听故事的人的眼珠长达一刻钟，听故事的人作为反馈也相应地很明显地改变了面部表情。这有时使远处跳舞的人心生好奇，想知道他们到底在讲什么故事，如此有趣。

范茜凭借六个小时作为人妻的体验，极力做出一种已婚妇人的表情，目的是要让婚礼上的人们及时感受到她和在场的那些未婚姑娘们之间的状态差异。她偶尔美滋滋地偷瞄她的左手，动作十分隐秘。她这种假模假样的做法旨在表明：尽管毫无疑问她在世人眼里占据了她曾取得的最了不起的地位，但她自身却几乎没有意识到这一点；别人看来那只妆饰精美的左手不断放在那个比较显眼的位置，那只是在递酒杯、盘子、刀叉和茶杯时的碰巧而已，并非她有意为之。至于希望在未婚同伴的心胸激起嫉妒而有意炫耀闪亮的戒指的行为，每个人都认为这有悖于这样一位有经验的已婚妇女的尊严。同时，迪克并没有想象他的新情况会带来多少难以预料的结果。两三个小时来，他一直努力使自己感觉自己只是一个新婚的男人，顶多能意识到他是迪克·杜威，车户的儿子，在威塞克斯爵士的总管于地处边远的雅尔伯里庄园举办的聚会上，和范茜·戴一起跳舞聊天，除此别无它念。

五个乡村舞，包括“赶婚礼”、两个里尔舞、三个角笛舞片段，就这样他们跳到了晚饭时间。由于夏季还没有完全过去，草地很潮湿，晚饭安排在室内。吃完饭，迪克出去把马套好；范茜和两个年纪大些的伴娘回楼上换衣服，准备去梅尔斯托克附近的迪克的新家。

“帽子你要戴多长时间，范茜？”迪克在楼梯脚问道。他现在是一个已婚的有正经营生的人，更加在意时间，加倍强调说话时的语气，点头也更有力度。

“就一分钟。”

“那多长？”

“嘿，亲爱的，五分钟。”

“啊，孩子！”车户说，这时迪克歇下来了，“这是女人的本能，小数字代表大数字，尤其在让人等候、年龄和钱这些事上。”

“对，对，我有切身体会。”吉尔弗雷说。

“你说话似乎很激动，吉尔弗雷。”

“任何一个知道我经历的人都可能猜到。”

“她现在干啥呢，吉尔弗雷?”

“清理楼上所有的抽屉和橱柜，给第二好的瓷器掸土，这活一年只做一回。‘如果有活需要干，我就必须干，’她说，‘不管婚礼不婚礼。’”

“我相信她心底里是个好人。”

“那么，她深藏不露。”

潘尼夫人转身：“嘿，我们最好的人也有个上下起伏啊。不过说一千道一万，迪克和范茜大有希望像世上所有的已婚夫妇一样，得到阳光的滋润。”

“唉，这一点不可否认。”

杜威夫人走过来，嘴里跟一个人说话，眼睛却看着另一个。“当然幸福，”她说，“一对夫妻像迪克和她那样情投意合的话，总是很幸福的。”

“如果他们有幸有时间唱歌的话。”詹姆斯姥爷说。

“我告诉你们，乡亲们，当鞋子开始夹脚①的时候，”车户说，“当大女儿的靴子只比她母亲的小一码，其余的一群紧跟其后的时候，男人的日子就不好过了，我的伙计们，日子很不好过啊！那时公鸡的鸡冠就被砍了②，我确信。”

“情况大概就这样子，”潘尼先生说，“当你得量母女们的鞋楦好分清她们的时候，那就给男人将了一军。”

---

① 英国俗语，意思是遇到难处、困难。

② 英国俗语，意思是蔫了，没有了傲气和自负。

“鲁本，你可没有理由抱怨紧随其后的一群孩子，”杜威夫人说，“因为我们家就曾经有拖后腿的一大群，上帝都知道！”

“我知道，我知道，”车户说，“你是非常了不起的女人，安。”

杜威夫人嘴上做出了要笑的姿势却没有笑出来。

“既然他们一起来了，就要一起走，”潘尼夫人说，她家和车户家截然相反，“只要有钱，哪种命运都能忍受。我们这小两口有挣钱的本事，我清楚。”

“是的，钱就这样有用！”里福很冲动地脱口而出，他一直躲在角落里，卑微地欣赏着活动的全部过程，“这好办——开始只需要几镑钱就可以了。就这么简单！我知道这样的一个故事。”

“我们听听你的故事吧，里福，”车户说，“我还不知道你机灵得能讲故事。大家安静了！里福先生要讲故事。”

“讲你的故事，托马斯·里福。”威廉爷爷用小学教师的口气说。

“从前，”里福高兴地说，声音听着有些不沉稳，“有座房子里住着一个人！嗯，这个人没日没夜地想啊想。最后，他像我那样自言自语，‘只要我有十镑钱，我就能行大运’。终于，想尽了办法，你瞧，他弄到了十镑钱！”

“想想这等事儿！”奈特·考卡姆嘲讽道。

“安静！”车户说。

“嘿，接下来就是故事有趣的部分啦！过了一会儿，他把那十镑钱变成了二十镑。然后不一会儿，又翻了一倍，成了四十镑。嘿，他继续，好一阵子后变成了八十，接着成了一百。嘿，不久他弄成了二百！哎呀，你们不会相信，可是，他继续使钱变成了四百！他继续，他做了什么呢？嘿，他把它弄成了八百！是的，确实这样，”里福继续讲，激动得用了最高的声调，突然高音骤降，身体失去平衡，重重地跪倒在地上，痛得直战栗，“是的，他继续把它变成了一千！”

“听听，听听！”车户说，“比英格兰历史还有趣，我的伙计们！”

“谢谢你的故事，托马斯·里福。”威廉爷爷说，然后里福又一次逐渐沦为一种不存在的状态。

在笑声、扔破鞋①的声音和喝老酒的一片混乱中，迪克和他的新娘启程了，他们肩并肩坐在上好的、崭新的弹簧轮马车里，这马车现在归我们这位年轻的车户所有。此时圆月当空，遍洒清辉，对这对新人来说，任何灯光及其美丽都成了多余。他们驱车缓慢地沿着雅尔伯里低地走着，在这里马路从两片树丛间穿过。迪克和他的伴侣说话。

“范茜，”他说，“我们如此幸福，是因为我们之间有足够的信任。自从那次你坦白了和夏纳在河边的调情之后（其实这根本算不上调情），我一直在想你多么纯真，多么善良，居然告诉我这样一件戏玩之事，而且为此那样担心害怕。你的这种行为促使我从此以后要告诉你我的每一言、每一行。我们相互

---

① 英国传统民俗，新娘子出门时要扔破鞋以讨吉利。

之间没有秘密可言，亲爱的，我们永远这样吧？——绝对没有秘密。”

“从今日起绝无秘密，”范茜说，“听！是什么？”

从附近的丛林中突然传来了一声很响亮、很悦耳的、流水般的声音——

“啼匹威特！嘶威——威——威特①！嘁——嘁——嘁！来这儿，来这儿，来这儿！”

“哦，这是夜莺。”她小声说，然后想起了她永远也不会说的秘密。

---

① 原文为英语单词“sweet”，这里是音译，暗示了对迪克和范茜甜蜜爱情的歌颂。

哈代小传

英国跨世纪小说家兼诗人哈代以其丰硕的文学成果以及精湛的艺术对后世文学产生了很大的影响，在文学界享有很高的威望。

1840 年 6 月 2 日，哈代出生在英国多塞特郡的上伯克汉普顿村，1928 年 11 月 11 日卒于家乡的麦克斯门，骨灰安葬在西斯敏斯特教堂诗人角，而其心脏和父母一起葬在家乡斯丁福德教堂墓地。哈代接受学校教育的时间只有八年，1856 年开始师从多切斯特当地建筑师约翰·黑科斯（John Hicks）学习建筑，六年后前往伦敦继续从事建筑工作，1867 年返回故乡。在此期间，哈代一边从事建筑工作，一边尝试文学创作。1874 年《远离尘嚣》的成功，使他跻身于专业作家的行列。

哈代一生创作了十四部长篇小说，1867 年和 1868 年间完成的《穷汉和贵妇人》在梅瑞狄斯的劝告下没有出版。哈代的小说创作正式开始于 1871 年，《非常手段》是哈代出版的第一部小说。后来他陆续写了《绿荫下》（1872）、《一双蓝蓝的眼睛》（1873）、《远离尘嚣》（1874）、《贝妲的婚姻》（1876），

《还乡》（1878）、《号兵长》（1880）、《冷漠的人》（1881）、《塔上二人》（1882）、《卡斯特桥市长》（1886）、《林地居民》（1887）、《德伯家的苔丝》（1891）、《无名的裘德》（1895）和《意中人》（1897）。除长篇小说外，哈代还创作了近五十篇中短篇小说，分别收于《威塞克斯故事集》（1888）、《贵妇群像》（1891）、《人生的小讽刺》（1894）和《浪子回头及其他故事》（1913）四部故事集中。

哈代小说都以威塞克斯这个虚构的地方为场景，所以哈代小说也常被称作“威塞克斯小说”。哈代本人在编辑“威塞克斯版本”时，将小说分为三类：《绿荫下》《远离尘嚣》《还乡》《卡斯特桥市长》《林地居民》《德伯家的苔丝》《无名的裘德》和中短篇小说集《威塞克斯故事集》《人生的小讽刺》为“性格与环境小说”，这类小说在现实主义手法的基础上，以社会——家庭——个人三层面相结合的形式来剖析社会，解读家庭，思考个性，文本中穿插了大量的民俗因素，展现了一幅乡村生活画卷，全方位再现了19世纪英国西南乡村的社会风貌；《一双蓝蓝的眼睛》《号兵长》《塔上二人》《意中人》和中短篇小说集《贵妇群像》为“浪漫与幻想小说”，这类小说主要以男女爱情为主题，现实主义手法与浪漫遐想相结合，渲染出浓厚的浪漫主义色彩；《非常手段》《贝妲的婚姻》《冷漠的人》

和中短篇小说集《浪子回头及其他故事》为“机巧小说”①，也有人把这一类小说称为“爱情与阴谋小说”②，该类小说以婚姻为主题，手法上类似于英国传统的侦探小说，弥漫着浓厚的哥特氛围。也有人把哈代的小说分为两类，即威塞克斯小说和其他小说。“性格与环境小说”是威塞克斯小说的压轴作品，是哈代小说的巅峰之作。

哈代长篇小说忠实记录了19世纪英国社会的风云变化和工业化、城市化浪潮冲击下的英国西南地区传统农业的没落史，剖析了面对巨大变革时人们多舛的命运和复杂矛盾的心理，反映了哈代对人类生存和命运的思考以及对人性的探讨。哈代威塞克斯小说“从1871年的《计出无奈》③到1897年的《意中人》形成了一个连续的系列”④，以编年史的方式真实再现了英国乡村这段特殊的引发作者矛盾心理和情感纠结的历史现实，描绘了英国乡村宗法制社会从田园牧歌走向衰亡的沧桑史，这就是哈代小说的“社会文献价值”⑤。

---

① Thomas Hardy, “General Preface to the Novels and Poems”, *Tess of the D'Urbervilles*, New York and London: Harper and Brothers, 1930, p. vii. 何宁：《哈代研究史》，南京：译林出版社，2011年，第87页。

② 见《远离尘嚣》前言，傅趣寰、傅绚宁、佟天翎译，北京：人民文学出版社，2004年。

③ *Desperate Remedy* 的中译名之一，又译为《非常手段》，本文以后者为准。

④ 陈焘宇编选：《哈代创作论集》，北京：中国社会科学出版社，1992年，第268页。

⑤ Kettle Arnold, *Tess as a Moral Fable in Tess of the D'Urbervilles*, London: W. W. Norton & Company, 1965, p.437.

“哈代小说描写的悲剧性主题可以分为三个发展阶段：第一个阶段描写宗法制农村社会的美好以及不断出现的矛盾冲突；第二个阶段描写这个社会由于资本主义的入侵而毁灭的悲剧性过程；第三个阶段描写宗法制农村社会的毁灭和农民阶级的消亡给破产的威塞克斯农民带来的悲剧性后果”。①

哈代创作的第一阶段主要有《非常手段》(1871)、《绿荫下》(1872)、《一双蓝蓝的眼睛》(1873)、《远离尘嚣》(1874)和《贝妲的婚姻》(1876)五部小说，它们在题材、主题、艺术风格和表现手法上构成了一个系列，主要描写宗法制农村社会的传统习俗和威塞克斯农村诗情画意的田园生活，赞美了乡村美丽的自然风光和人与自然、人与人之间和睦相处、其乐融融的生活。第二个阶段属于悲剧创作阶段，以《还乡》的出版为标志，包括《还乡》(1878)、《号兵长》(1880)、《冷漠的人》(1881)、《塔上二人》(1882)、《卡斯特桥市长》(1886)、《林地居民》(1887)六部小说，主要描述了社会变革给农村带来的灾难性变化，反映了威塞克斯农村社会在历史变革的大潮中逐渐走向衰亡的悲剧性过程和农民阶级破产并沦落为农业无产者的历史现实。《德伯家的苔丝》的出版标志着哈代小说创作进入第三个阶段，包括《德伯家的苔

① 聂珍钊：《论哈代小说悲剧主题的发展》，《华中师范大学学报（人文社会科学版）》，2001年第6期。

丝》(1891)、《无名的裘德》(1895) 和《意中人》(1897)①三部小说,展现了哈代小说创作的最高成就,集中表现了农村传统社会体制崩溃、固有经济模式和阶级体系解体、宗法制道德体系受到重创后,破产农民在新的环境下以新的角色求生存的苦难历史,对沦为社会变革牺牲品的威塞克斯农民的前途进行了人道主义的思考,对他们的不幸命运流露出深切同情,作品弥漫着浓厚的悲剧氛围。②

哈代生于维多利亚女王登基后三年,他一生见证了维多利亚时代英国社会的风云变化,带着悲观主义的情调,抑或他自封的"积极向善论者"(meliorist) 的矛盾态度,在小说中结合虚构与想象,以现实主义手法记录了这段特殊的历史。在19世纪工业革命推动下的英国,农村传统的经济模式、宗法制及农业文明一步步走向衰落,宗法制社会那种令人怀恋的安全感、尊严感和稳定感随着工业化的进程逐渐消亡,在新思想、新观念的冲击下,传统道德观和价值观也发生了动摇。哈代巧妙地用象征手法揭示了这一历史巨变,象征工业革命的早班邮车箭一般地摧毁了象征小农经济的"王子",结束了它所代表的旧时代,宣告了旧世界、旧制度、旧社会的终结——贵族时

① 小说《意中人》早在1892年10月至12月就以《意中人的追求者:气质速写》(*The Pursuit of the Well-Beloved: A Sketch of Temperament*)为名在《伦敦新闻画报》上分期连载,时隔五年后正式整体出版,所以在出版时限上是哈代最后一部小说。

② 聂珍钊:《悲戚而刚毅的小说家——托玛斯·哈代小说研究》,武汉:华中师范大学出版社,1992年,第22—195页。

代像德伯家的坟墓一样成了历史。哈代对琼·德贝菲尔和苔丝母女的富有强烈对比的描述，反映了威塞克斯这种新旧文化共存、新旧观念碰撞的现状。母亲满脑子全是快要绝迹的迷信、民间传说、土话和地方民谣，是旧时代的代言人；而女儿则是《新教育法典》下受过正规教育的、掌握了普及知识的新时代的形象，“她们俩之间存在着二百年的代沟。她们俩在一起的时候，就如同詹姆斯一世时代和维多利亚时代共处在一起”①。包括安琪父子在内的这两种具有强烈时代对比性的人物及其文化特征，正是小说故事发生的那个时代英国西南部地区特殊的社会历史背景。

哈代以敏锐的眼光观察了英国西南的社会状况，在小说文本中真实再现了维多利亚时代社会转型期农民的苦难生活与衰败的农村景象，一首流行于19世纪的民歌《可怜的英国劳动者》（The Fine Old English Laborer）② 是对当时英国农民悲惨生活的凄苦咏叹。在工业化和城市化的进程中，农村传统经济开始瓦解，农民破产并沦为新型的农业工人到城市去谋生。随着农村经济的进一步萧条，英国历史上曾出现从农村向城市的大规模迁徙运动，造成了严重的人口流失，哈代把这种不自然的人口流动形象地描述为“一种水受到机械驱动，而往山上倒

① ［英］哈代著，孙致礼、唐慧心译：《苔丝》，北京：北京燕山出版社，2000年，第16页。

② Merryn Williams, *A Preface to Hardy*, London and New York: Longman Group, 1976, p.53.

流的趋势”①。尤其70年代后，形势更加严峻，农村状况急剧恶化，农业文化急剧衰落。随着资本主义的进一步渗透，带着古风遗韵的威塞克斯宗法制社会在风雨飘摇中走向灭亡，家乡民俗文化在社会变革的大潮中逐渐湮没。对此，哈代言语间流露出几分落寞与怅然，他的威塞克斯小说是英国乡村田园牧歌的最后一曲挽歌。

美国历史学家兼文学评论家W. P. 特伦特（Trent）1892年11月在《西瓦尼评论》（Sewanee Review）中，用四个能力总结了哈代作为优秀作家的品质：第一，以优秀的个性风格，用清晰、充满魅力的英语准确表达自己思想的罕见能力；第二，描写和诠释无生命的自然的高超能力；第三，叙事能力；第四，人物塑造能力。②

在创作手法上，哈代小说多通过巧合实现情节的戏剧性突转。偶然巧合是人物命运突变的契机，是推动情节的核心动力，也是艺术地展示哈代悲观主义和宿命论思想的主要途径和手段。偶然巧合能使故事情节迂回曲折、波澜起伏、悬念百出、险象环生，使场面紧张惊险，扣人心弦，能够把戏剧性演绎到极致。一系列偶然事件和巧合似乎是上帝或以自然为载体的“内在意志力”在冥冥之中做的安排，天命难违，在劫难

---

① ［英］哈代著，孙致礼、唐慧心译：《苔丝》，北京：北京燕山出版社，2000年，第338页。

② W. P. Trent, “The Novels of Thomas Hardy”, *Sewanee Review*, November 1892, i, p. 1, *Thomas Hardy: The Critical Heritage*, ed. R.G. Cox, London: Routledge, 1979, pp.235-247.

逃，其中许多悲剧人物都是在民谣和传奇式的情节发展中，无奈地走向了人生的悲剧深渊。哈代小说的情节发展不是按照客观事物的必然性、事物的根本原因自然发展，而是以巧合形成故事情节的起伏波动，产生跳跃式的发展，从而增加了故事的离奇悬念和神秘色彩，表现出唯心主义宿命论思想，淡化了悲剧客观根源的挖掘，削弱了作品的社会批判力度。1893年1月23日，哈代在日记中写道："我们讲故事的人都是'老水手'。如果我们的故事无法超越普通男女的一般经历，就可能拦不住'去参加婚礼的客人'（即忙碌的大众）。小说和戏剧结构上的最大秘密就在于按永恒的、普遍的事来写不寻常的事。一个作家如果懂得了怎样让事件离奇和非离奇，那么他就掌握了艺术的关键。"① 哈代认为故事要超越普通的生活，要以离奇感人、跌宕起伏的戏剧性变化吸引读者，这是哈代小说常以偶然巧合制造离奇的主观意识上的原因。哈代惯用偶然巧合的另一个原因，是他的小说多在报刊、杂志上连载，因此要迎合读者的阅读心理，满足读者的"猎奇"期待。

哈代的艺术王国威塞克斯这个名字不是他的个人杜撰，它在英国历史上确实存在，历史上真实的威塞克斯是公元5世纪到9世纪时期英国西部的撒克逊威塞克斯王国。威塞克斯"北起泰晤士河，南抵英吉利海峡，东以海灵岛至温莎一线为界，

① F. E. Hardy, *Life of Thomas Hardy*, Hertfordshire: Wordsworth Editions Limited, 2007, p.260.

西以科尼什海岸为边”①，此处即为早就湮没在历史尘埃中的英格兰古撒克逊王国。这里“保持着盎格鲁·撒克逊君主时代的传统”②，像爱敦荒原一样“万古如斯”，人们日出而作，日落而息，世代延续着古老的习俗。这里远离都市，隔绝尘嚣，一切是那么自然，浑金璞玉，质朴无华，生活像四季更替一样平静地按部就班。哈代从小生于斯长于斯，对当地文化有着特殊的理解和感情，对故乡的山川人物、民间传说、风土人情、地理历史都深谙熟知，家乡的民俗文化知识成为哈代文学创作的原始素材，乡村生活是哈代小说中地方文化的一大源流，是他艺术世界的现实原型。

乡土作家都有着他们特定的文学地理范围，如福克纳（Faulkner）的约克纳帕塔法县、马尔克斯（Márquez）的马孔多、沈从文的湘西、莫言的高密东北乡，哈代的威塞克斯同样如此。地方文学多以历史变迁、文化冲突和社会矛盾为主题，富有强烈的地域感、历史感、乡土感和怀旧感，这就是哈代本人称之为“半真半梦”③ 的艺术王国。哈代在建构威塞克斯艺术王国时所采用的虚实结合的手法，说明哈代既是一位现实主

---

① ［英］哈代著，张扬译：《小说与诗歌集总序（为 1912 年威塞克斯版作）》，中国社会科学院外国文学研究所编：《文艺理论译丛》（3），北京：中国文联出版公司，1985 年，第 291 页。

② ［苏联］阿尼克斯特著，戴镏龄、吴志谦译：《英国文学史纲》，北京：人民文学出版社，1980 年，第 487—488 页。

③ Thomas Hardy, Preface to *Far from the Madding Crowd*, New York: Airmont Publishing Company, 1967, p.11.

义的艺术家，也是一位浪漫主义的艺术家，既记录和再现了威塞克斯的现实，又增加了浪漫文学想象，威塞克斯特殊的呈现方式展示了哈代想象和观察在视觉上的巧妙结合。① 威塞克斯就是哈代心中永不消失的阿卡迪亚（Arcadia）②，是哈代的“精神风景画”，“寻求过去家园的灵魂陆地”③，“用幻想的金线彩虹包裹着的一块遥远的陆地”④。哈代家乡以威塞克斯的化身在他的小说中有了生命，并且在他的艺术世界得到不朽。

哈代的文学成就主要体现在小说创作上，但他在诗歌创作方面也取得了令人瞩目的成就。哈代与丁尼生（Tennyson）、勃朗宁（Browning）、阿诺德（Arnold）并称为维多利亚时代英国诗坛的四大巨匠。⑤

哈代钟情于诗歌，认为诗歌是最有价值的文学形式。虽然多年的小说创作占据了哈代的黄金创作期，但他对诗歌始终不离不弃。

19 世纪 60 年代，哈代开始诗歌创作，作品颇丰，却均遭

---

① Ralph Pite, *Hardy's Geography: Wessex and the Regional Novel*, New York: Palgrave Macmillan, 2002, p.3.

② 希腊南部伯罗奔尼撒半岛的山岳地带，理想的家园或世外桃源的代名词，其文化联想相当于中国今天的香格里拉。

③ ［德］布鲁诺·斯内尔著，T. G. 罗森麦尔译：《心灵的发现——欧洲思想的希腊源泉》，牛津：布莱克威尔（Blackwell），1953 年，第 301 页。

④ ［德］布鲁诺·斯内尔著，T. G. 罗森麦尔译：《心灵的发现——欧洲思想的希腊源泉》，牛津：布莱克威尔（Blackwell），1953 年，第 269 页。

⑤ 钱青主编：《英国 19 世纪文学史》，北京：外语教学与研究出版社，2005 年，第 141 页。

拒绝，未能发表。即便如此，哈代从未放弃诗歌的学习和创作。1867 年哈代因健康问题从伦敦返回多塞特，开始尝试小说创作，一直到 1895 年，持续了近三十年。1895 年小说《无名的裘德》出版，由于文本中对基督教和英国当时教育制度的猛烈抨击以及对西方社会虚伪伦理道德的尖锐批评，引起了教会的强烈不满，招致了资产阶级卫道士们的疯狂责难，一时间声讨哈代的文章见诸各大媒体，哈代遭遇了像雪莱、弥尔顿曾经有过的极大非难。维克菲尔德主教（Bishop of Wakefield）写信给多个报刊说，《无名的裘德》使他怒不可遏，只好付之一炬，后来又写信给国会议员 W. F. D. 史密斯（Smith）状告哈代，下令把《无名的裘德》从图书馆撤走，并且指示今后对哈代的其他作品要进行严查。① 很多媒体都对此书做出了强烈反应，《纽约世界》（*New York World*）严词指责《无名的裘德》的不道德思想②，《卫报》（*Guardian*）诟病小说玷污了神圣，《世界》（*The World*）"差点儿晕了"，《保茂晚报》（*Pall Mall Gazette*）"大发雷霆"。③

迫于舆论压力，哈代暂时放弃了小说写作，专心致力于诗

① F. E. Hardy, *Life of Thomas Hardy*, Hertfordshire: Wordsworth Editions Limited, 2007, p.285.

② F. E. Hardy, *Life of Thomas Hardy*, Hertfordshire: Wordsworth Editions Limited, 2007, p.287.

③ Thomas Hardy, *The Collected Letters of Thomas Hardy Volume Two 1893—1901*, ed. Richard L. Purdy and Michael Millgate, Oxford: Clarendon Press, 1980, p.98.

歌创作。1898 年出版的《威塞克斯诗集》是哈代第一部诗集，此后相继出版了另外七部诗集，有《今昔诗集》(1901)、《时光的笑柄》(1909)、《命运的讽刺》(1914)、《瞬间一瞥》(1917)、《早年与晚期抒情诗》(1922)、《人世杂览》(1925)、《冬日之言》(1928)。哈代一生共创作了 947 首诗①，其中也包括从未发表过的作品，收于麦克米伦出版公司新版的《托马斯·哈代诗全集》。

"哈代的诗歌生涯，起于 1860 年止于 1928 年，前后横跨维多利亚中晚期、爱德华时代、乔治时代、第一次世界大战和战后时期以及 20 年代。其间哈代诗歌经历了从传统诗到自由体诗的重要转变。"② 哈代六十余年的文学创作始于诗歌，终于诗歌，他的诗歌生涯比其他任何维多利亚时期的诗人都长，甚至比任何一位英国诗人都长。

哈代在戏剧创作方面也表现出了非凡的才能，他一生写了两部戏剧，即《列王》(1904—1908) 和《康沃尔王后的著名悲剧》(1923)。《列王》共分三卷十九幕一百三十场，规模宏大，波澜壮阔，是一部以欧洲重大历史变革为背景的大型史诗剧。《列王》问世后在英国文坛曾一度引起轰动，被誉为堪与

---

① 戴尼斯·泰勒说哈代一生写了 1000 多首诗。Dennis Taylor, "Hardy as a Nineteenth-Century Poet", *The Cambridge Companion to Thomas Hardy*, ed. Dale Kramer, Cambridge: Cambridge University Press, 1999, pp.183-203.

② Dennis Taylor, "Hardy as a Nineteenth-Century Poet", *The Cambridge Companion to Thomas Hardy*, ed. Dale Kramer, Cambridge: Cambridge University Press, 1999, pp.183-203.

《失乐园》和《战争与和平》相媲美的旷世佳作。《康沃尔王后的著名悲剧》是一部取材于欧洲古老民间传说、用英国韵文体写成的民间戏剧幕面剧。

哈代辉煌的文学成就是留给世界文学的无价之宝，是人类一笔不朽的精神财富。19世纪风云变幻的多塞特及其丰富的民俗文化，在哈代的威塞克斯艺术世界中得到了永恒。

哈代小说、诗歌作品及出版年份

十四部长篇小说

《非常手段》(1871)

《绿荫下》(1872)

《一双蓝蓝的眼睛》(1873)

《远离尘嚣》(1874)

《贝妲的婚姻》(1876)

《还乡》(1878)

《号兵长》(1880)

《冷漠的人》(1881)

《塔上二人》(1882)

《卡斯特桥市长》(1886)

《林地居民》(1887)

《德伯家的苔丝》(1891)

《无名的裘德》(1895)

《意中人》(1897)

五十篇中短篇小说收于四部故事集

《威塞克斯故事集》(1888)

《贵妇群像》(1891)

《人生的小讽刺》(1894)

《浪子回头及其他故事》(1913)

诗歌收于八部诗集

《威塞克斯诗集》(1898)

《今昔诗集》(1901)

《时光的笑柄》(1909)

《命运的讽刺》(1914)

《瞬间一瞥》(1917)

《早年与晚期抒情诗》(1922)

《人世杂览》(1925)

《冬日之言》(1928)

两部戏剧

《列王》(1904—1908)

《康沃尔王后的著名悲剧》(1923)

哈代生平年表

1840	6月2日，哈代出生在多塞特郡多切斯特的上伯克汉普顿村
1848—1849	就读于博克汉普顿国立学校
1849—1853	就读于多切斯特不列颠学校
1853—1856	就读于伊萨克·拉斯特私人学校
1856—1862	成为多切斯特当地建筑师约翰·黑科斯的学徒，结识贺拉斯·莫尔，从此成为挚友
1860	成为黑科斯助理
1862	离开多切斯特，前往伦敦，开始在亚瑟·布洛姆菲尔德的建筑师事务所工作
1865	开始诗歌创作
1866	宗教信仰开始减退
1867	回到多切斯特担任建筑师，为黑科斯做教堂修复工作 开始创作《穷汉和贵妇》
1868	首部小说《穷汉和贵妇》完稿，出版被拒

1869	在威茅斯为建筑师克里克梅工作，继续进行教堂修复工作
	开始创作《非常手段》
1870	在北康沃尔的圣朱利奥特与埃玛·吉福德相遇
1871	《非常手段》在《丁斯利杂志》连载
1872	《绿荫下》在《丁斯利杂志》连载
1873	《一双蓝蓝的眼睛》在《丁斯利杂志》连载
1874	《远离尘嚣》在《康希尔杂志》连载
	哈代和埃玛在伦敦圣彼得教堂成婚
1875	哈代夫妇离开伦敦，迁居多塞特斯旺里集
1876	《贝妲的婚姻》在《康希尔杂志》连载
1878	《还乡》在《贝尔格莱维亚杂志》和美国《哈泼新月刊》同时连载
	哈代夫妇迁往伦敦
1879	开始发表短篇小说
1880	《号兵长》在《好消息》上连载
	10 月起，哈代患重病数月
1881	《冷漠的人》在《哈泼新月刊》连载
	哈代夫妇返回多塞特，住温博恩
1882	《塔上二人》在《大西洋月刊》连载
1883	从温博恩迁至多切斯特
1884	开始创作《卡斯特桥市长》
1885	哈代夫妇迁居多切斯特的麦克斯门

1886	《卡斯特桥市长》在《图文报》连载
1887	《林地居民》在《麦克米伦杂志》连载
1888	第一部故事集《威塞克斯故事集》出版
1891	《德伯家的苔丝》在《图文报》连载
	《贵妇群像》出版
1892	7 月，哈代父亲去世
	《意中人》开始连载
1893	结识弗洛伦斯·亨尼克，二人成为挚友
1894	《人生的小讽刺》出版
1895	《无名的裘德》出版
1895—1896	《威塞克斯小说集》出版
1897	修改后的《意中人》出版
1898	《威塞克斯诗集》出版
1901	《今昔诗集》出版
1902	麦克米伦成为哈代的出版商
1904	4 月，哈代母亲去世
	《列王》第一部出版
1905	哈代结识了未来第二任妻子弗洛伦斯·埃米莉·达葛戴尔
	获得艾伯丁大学荣誉法学博士学位
1906	《列王》第二部出版
1908	《列王》第三部出版
1909	诗集《时光的笑柄》出版

1910	获功绩勋章，被评为多切斯特荣誉市民
1912	11月，埃玛去世
	获得皇家文学协会金质奖章
1912—1913	麦克米伦出版哈代威塞克斯全集修订版
1913	《浪子回头及其他故事》出版
	获得剑桥大学荣誉文学博士学位
1914	哈代与弗洛伦斯·埃米莉·达葛戴尔结婚
	诗集《命运的讽刺》出版
1915	11月，哈代妹妹玛丽去世
1916	《哈代诗选》出版
1917	诗集《瞬间一瞥》出版
1922	诗集《早年与晚期抒情诗》出版
1923	诗剧《康沃尔王后的著名悲剧》出版
	威尔士王子访问麦克斯门
1924	戏剧《德伯家的苔丝》在多切斯特演出
1925	诗集《人世杂览》出版
1928	1月，哈代去世，哈代弟弟亨利去世
	诗集《冬日之言》出版
1928—1930	哈代自传《哈代生平》由第二任妻子弗洛伦斯以她的名义整理出版
1937	哈代的第二任妻子弗洛伦斯去世
1940	哈代妹妹凯特去世